ベリーズ文庫

秘密の癒しチートがバレたら、女嫌い王太子の専属女官（※その実態はお妃候補）に任命されました！

友野紅子

STARTS
スターツ出版株式会社

目次

CHARACTER
INTRODUCTION
エイル神聖王国の王太子
アズフィール
騎士団長にも引けを取らないほどの剣の腕前だが、あることが原因で女性が苦手。ところが、大ケガをメイサのチートで治してもらった際に、嫌悪感が出るどころかトキメキが止まらなくなってしまい…!
ヴェラムンド伯爵令嬢
メイサ
鍼灸師だった前世の知識を活かして今世では人々を癒しつつ自由気ままに生活中。ところが、秘密の癒しチートがアズフィールにバレてしまい、黙っておいてもらう代わりに彼の専属女官になることに!

秘密の癒しチートがバレたら、女嫌い王太子の専属女官（※その実態はお妃候補）に任命されました！

エイル神聖王国の王女

イザベラ

アズフィールの姉で五人姉弟の長女。自分本位な部分があり、典型的な女王様気質。次期王の座を虎視眈々と狙っている。

ウォールド王国の王太子

ヴァーデン

隣国の王子で、アズフィールの友人。女好きな面が少々あり、お調子者キャラ。アズフィールの立太子の礼に参列するためエイル神聖王国を訪れる。

針磨工房の息子

ブローム

幼い頃からのメイサの友人。メイサが鍼灸で使う鍼を作ってくれている職人であり、彼女の良き理解者。実は密かに思いを寄せているが…!?

金色のドラゴン

アポロン

希少な金色ドラゴンの中でも飛び抜けて賢い。アズフィールの相棒で、どこへ行くにも一緒。鳴き声は「ギュア」

秘密の癒しチートがバレたら、
女嫌い王太子の専属女官（※その実態はお妃候補）
に任命されました！

第一章　転生令嬢は自由気ままに暮らしたい

レースのカーテンからやわらかな日差しが注ぐ。

豊かな自然に恵まれたエイル神聖王国は芽吹きの季節を迎え、薄く開けた窓からそよぐうららかな風は、みずみずしい草花の香りをまとって心地よく鼻腔を擽《くすぐ》った。

ここは王都の中心部から三キロほど東の高台に建つヴェラムンド伯爵の邸宅。ヴェラムンド伯爵家は代々有能な文官を輩出してきた名門で、王家からの覚えもめでたい。

齢《よわい》六十になる当代当主は私の祖父。現職の内政大臣を務め、切れ者として知られている。ただしその人柄は極めて温厚で気さく。

絢爛《けんらん》たる王都の中心から少し離れた瀟洒《しょうしゃ》な洋館は、そんな祖父の人柄を現すかのように、アットホームな雰囲気に包まれていた。

広い庭に面した二階の自室で、私はシンプルなワンピースに身を包み、緩くウェーブしたストロベリーブロンドの髪をうしろでひとつに束ね、マホガニーの文机に向かっていた。その装いは年頃の貴族令嬢と考えるとあり得ないほど質素だが、もともと華美に着飾るのはなじまない。なにより、市井《しせい》を回るにはこの方がいろいろと都合がよかった。

少し荒れた指先で、パラリ、パラリと借り物の本をめくる。光の加減で紫にも見える薔薇《ばら》色の瞳がたどるのは、高名な死生学者が綴った高説だ。

「『死に際し、人は皆、清らかな存在になって天にのぼっていく』か。本当にそうかしら」

半分ほどまで読み進めたところで本を閉じて目をつむり、眉根を寄せる。

「死ぬって、そんな綺麗《きれい》なものじゃないでしょ。少なくともあの瞬間、私は悔しい気持ちと後悔でいっぱいだったんだから……」

死の間際に、人はいったいなにを思うのか。

そんなのはいざその時になってみなければわからないし、わかったとしても次の瞬間には、もうあの世に旅立ってしまっている。だから、死に際になにを思うかなんて生きている人間には知りようもない。高名な学者とて、それは例外でない。

……だけど、私は記憶として覚えている。なぜなら転生しているから。

どんな神様のいたずらか、私には生まれた時から前世の記憶があった。とはいえ、全部を覚えているわけではないし、無念のまま死んだ最期を別にすれば、記憶している出来事にも当時抱いた熱量は伴わない。例えるなら映画や物語で見て知っているイメージが近いだろう。

前世の私は、腕のいい鍼灸師《しんきゅうし》だった。その道を選んだのは、鍼灸治療院を営みながら男手ひとつで育ててくれた父の背中を見て、憧れたから。

父と一緒に実家の鍼灸治療院を盛り立てていくのが夢だった。けれど、専門学校の卒業を目前に父は急死。その時に初めて知ったのだが、父には莫大な借金があった。どうやら人のいい父は、友人の借金の保証人になっていたらしい。

返済のため、自宅兼店舗を売却。鍼灸師の求人は少なくて、ようやく勤め先を見つけたら恐ろしくブラックでノルマだらけ。そんな中でも有名な先生の講習を受けたり練習を積み重ね、指名してくれるお客さんがつくようにまでなった。とはいっても手柄は同僚に横取りされ、給料も満足にもらえない。そんな過酷な状況の中で、私はストレスで心臓発作を起こして死んだ。

ちなみに、前世の私が残した最期の言葉は『こんな人生もうやだ……。もし次の世があったら、絶対自由気ままに生きる‼』である。

「でも、前世のことはもういいわ」

感傷を振り払うようにつぶやいて、パッチリとまぶたを開く。髪と同じストロベリーブロンドの長い睫毛《まつげ》を割って現れた薔薇色の瞳に映るのは、転生後の十六年を過ごしてきた愛着ある自室の景色だ。

日本で生きた記憶はあくまで過去のもの。私にはこんなにも充実した今がある。

今世は、お金のためにただがむしゃらに働くのではなく、自分が人の役に立てることをして過ごすと決めていた。

「よし、この本はもうブロームに返しちゃおう！」

幼なじみのブロームから強く勧められ、断りきれずに借りたのが間違いだったのだ。

ブロームは私よりひとつ上の十七歳。彼の家は、庶民が多く居を構える王都の東地区で針磨《はりすり》工房を営んでいる。彼は工房の後継ぎだが、学者肌なところがあった。五歳の私が、こっそり屋敷を飛び出して向かった市場で出会ったのが交流の始まり。

彼は当時から歴史や地理に気象学、果ては死生学まで広く学術書を読みあさるのを趣味にしていた。実年齢より落ち着いた彼と私はすぐに意気投合し、以来ずっとよき友人である。

――コン、コン。

その時、遠慮がちにドアがノックされた。

「はーい。どうぞー」

使用人の誰かがリネンでも運んできたのだろうと、振り返りもせずに返事した。

「メイサ、肩が少し痛むんだ。すまんがいつものを頼めんかね」

「えっ⁉　お祖父《じい》ちゃん！　肩が痛いって、大丈夫なの⁉」

祖父の声を耳にした瞬間、私は飛ぶように席を立ち、駆け寄っていた。

「今朝から少し痛むだけだ。あれは本当によく効くからな。こんなのはすぐに治ってしまう。ほれ、なんと言ったかね」

「お灸《きゅう》ね。言ってくれれば私が部屋まで行ったのに。とにかく、座ってちょうだい」

さっそく、部屋の奥にある長椅子へと祖父を促す。

私が今世を生きるここ、エイル神聖王国はドラゴンや天馬が空を飛ぶちょっとファンシーな西洋風の世界。鍼灸の概念のないこの世界で、私は前世の知識と経験を生かし、鍼灸師として精力的に活動していた。

前世の私は、労働環境はともかく鍼灸の仕事自体は大好きだった。それもあり、生まれ変わったばかりの赤ん坊の頃から、再び鍼灸に携わりたいと考えていた。実現に向けて動きだしたのは五歳の時。ブロームと出会った市場に行ったのも、目ぼしい素材を探すためだったのだ。

「おいおい、そんなに大事《おおごと》じゃないんだが……」

「いーい？　お祖父ちゃん。年なんだから、その〝少し痛む〟を軽く見ちゃいけないの！　ちゃんとケアしていたわらないと大変なことになるよ。さぁ、シャツを脱いで」

ヴェラムンド伯爵家の当主にして、現役で内政大臣を務める祖父はダンディーで、見た目にもすごく若い。しかしその実年齢は、もういいお爺ちゃんんだ。

「おいおい。年とはまた、ずいぶんじゃないか」

苦笑しつつ、祖父は長椅子に腰掛けるとシャツを脱ぎだす。その横で、私はお灸の準備を始めた。

「事実だよ。いつまでも若いつもりでいたら大間違いだからね。とにかく、今度からどっか痛い時は必ず呼んでちょうだいね。私が部屋まで行くから」

「ははは、わかったよ。次からはそうしよう。まったくメイサは心配性だな」

私のざっくばらんな物言いに、祖父は口もとの皺を深くして、ヘイゼル色の目を細くした。

私には初めから父がいなかった。今も父がどこの誰なのかは知らないままだ。母も私を生んでほどなくして亡くなったから、祖父母が親代わりだった。

祖父は、伯爵家の令嬢としては少々型破りで優雅さに欠く私の言動を憂い、なにかと口うるさかったが、ここ数年はなにも言ってこなくなった。私が市井に下りて、ブローム街の人たちと多くの時間を過ごすことも静観している。

そこにどんな思いがあるのか、私にはわからない。ただひとつ、伯爵令嬢だった母が生んだ私生児である私に向けられる目は、社交界ではとくに辛らつだ。もしかすると祖父は、そんな私の窮状を知るにつけ、結婚とかそういったものをあきらめたのかもしれない。

どちらにせよ、昔も今も私を見つめる祖父の目は、変わらずに優しいままだ。

「まずは張りの具合から見ていくね」

「あぁ、頼む」

そっと手をあてた祖父の肩は鍛えられているが、若い者に比べるとその肌は少し張

りと潤いを減らしていた。

「ねぇ、お祖父ちゃん。お灸でも鍼《はり》でもいつでもしてあげる。だから元気で長生きし

てよね」

前世の私は父が好きで、尊敬していた。それなのに照れや、この日常がずっと続く

ものだという慢心から、言葉や態度で伝えられないまま父は逝《い》ってしまった。

だから今世では、いつだって惜しまずに思いを伝えている。後悔しないように生き

るのがモットーなのだ。

「わかったわかった。メイサはしっかりしているようでいて、寂しがりで甘えん坊の

ままと見える。そろそろ爺離れしないと、いい相手が寄ってこないぞ」

「そんな人、いなくていいよ。大好きなお祖父ちゃんやお祖母《ばあ》ちゃんと一緒にいられる今以上に大事なものなんてないもの」

「ははは、困った子だ」

口では『困った』と言いながら、祖父は少しうれしそうだった。

「うーん。たしかに右肩が変な張り方をしてるね。さっそくお灸をしていくね」

私は祖父の右手を取ると、丁寧に肘掛にのせる。そうして親指と人さし指の付け根近くにあるツボ〝合谷《ごうこく》〟に、空芯のある植物の茎で作った高さ一センチほどの台座を置く。お灸には直接もぐさを肌に置いて行う直接灸という手法もあるが、私は台座の上で行う台座灸を選んでいる。台座灸なら直接灸のように痕が残ることもないので、灸になじみのないこの世界の人たちにも取っつきやすい。

「なぁメイサ、前から思っていたんだが、肩の痛みを取るのにどうして直接痛みのない手にもキュウをするんだい？」

「体の中にはエネルギーの通る道が走っていて、流れが滞《とどこお》りやすい各所にツボがあるのよ。患部に遠い末端のツボから段々と患部に寄せて処置していくことで、流れがよくなるの」

不思議そうな表情の祖父に答えながら、〝合谷〟から徐々に肩の方に上がっていって、肘の外側にあるツボ〝曲池《きょくち》〟、肩回りにあるふたつのツボ〝肩井《けんせい》〟〝天宗《てんそう》〟にも台座を置いていく。座った姿勢でも灸が落ちないよう据えるのはコツがあって、転生前に腕を磨いたおかげかとくに困難なく施術できている。

「ほう、なるほどな」

合計四カ所に台座が用意できたところで満を持して取り出したのは、淡くピンクに色づくオリジナルのもぐさ――通称ポポだ。ポポを袋から出した瞬間、部屋にふわりと芳醇な香りが広がった。

ん～、甘くっていい香り！

本来もぐさとはヨモギの葉から採取した綿毛のことを言うけれど、異世界にヨモギはなかった。それに代わるものを探して、ようやくポポローズという植物にたどり着いた。ポポローズは南国の甘いフルーツのような香りが特徴の植物で、採取したポポからも香気が漂う。しかし不思議なもので、ポポはひとたび燃やすともぐさとよく似た芳香に変化する。それはさながらフレグランスがトップノートからラストノートへと、華麗にその香調を変化させるかのようだ。

ちなみにポポは燃焼温度も、もぐさとほぼ同じ。香りの変化といい、もぐさと遜色ない効果効能といい、ポポはなかなかの優れものなのだ。

ポポを丸めてのせると、小さな炎石《えんせき》に柄《え》をつけて自作した道具で、先端に火をつける。キラキラした紫色の炎石からポッと出た紫色の炎を見て、思わず頬が緩んだ。

今でこそ、すっかりあたり前の物として生活になじんでいるが、この炎石というのは本当に便利。コロンとまあるい石は、発火させる意思を伝えるだけでポッと火が出る。『なんで火が出るの⁉』と幼少期から複数の大人たちに尋ねてきたが、『炎石だから』と皆口を揃《そろ》えるだけ。私は両手の指の数ほどの大人たちに尋ねた頃、『世界が違えば、原理も違う』と、ひとり静かに納得した。

そしてこの石、効果もさることながらその見た目がとってもかわいい！　総じて親指の先くらいのサイズだが、その色合いは赤や青、黄色に緑と実にカラフル。皆宝石みたいに半透明に澄んでいて、日にかざすとキラキラと光る。私は鍼灸の傍ら、この石を集めるのをひそかな趣味にしていた。

ちなみに、この世界には炎石のほかにも冷石《れいせき》という不思議な石がある。こちらも食べ物を保存するために凍らせたり、暑い時に飲み物を冷やしたりと、便利に使われている。ただし、こちらは炎石と違い透明一色。しかも濁りがあったりして純度が低く、かわいくないのでとくに集めたりはしていない。

「……あぁ。ジワーッと染み込んでくるようだ。キュウというのはすごいなぁ」

ポポの燃焼が進み、温もりが伝わってきたようで、祖父はホゥッと息を漏らしながらつぶやいた。ポポから立ちのぼる香りも、初めのフルーティーで甘いそれから、スッキリとした芳香に変わっていた。

クンッと香気を吸い込むと、清涼なエネルギーがスーッと胸から全身へ巡っていく。心と体はふわりとほどけ、深い癒しに包まれていた。

「ふふっ。よかった」

「最初に肌の上で草を燃やすと聞かされた時は、孫娘の正気を疑ったものだよ。それがまさか、こんなに極楽だとは。その上、キュウが終わった後は凝りや張りがすっかり楽になっているんだ。いやいや、メイサのキュウは本当に見事だよ」

祖父は感嘆した様子で語る。

「気に入ってもらえてなによりだわ。温度はどう？　熱くない？」

「あぁ、ちょうどいい。天国のようだ」

同じツボに同じようにお灸をしても、その時どきの体調で熱さの感じ方が違ってくる。丁寧に祖父の様子を確認しながら、ポポが燃焼する様子を見守った。

ポポが完全に燃えきったのを確認すると、四カ所のツボにもう一壮《そう》ずつ、肩回りの二カ所のツボにはさらにもう一壮据えて施術を終えた。

「はい、おしまい。お疲れさまでした」

「おぉっ、やっぱりメイサのキュウはすごいな！　痛みが治っている、すっかり楽になったよ。ありがとうメイサ」

祖父が肩を上げ下げしながらうれしそうに口にする。

お灸はツボを刺激して自然治癒力を高めるものだ。だから、祖父の言う『治っている』は厳密に言えば正しくない。けれど、お灸が心身に作用して症状を楽にするのは確かなのだ。

「それならよかった」

焼けたポポの処理をしながら答える私の表情も自ずと緩む。

「そういえば、以前やってくれたキュウト……ええっと。なんだったか。キュウとハリを合わせたようなあれだ」

「……灸頭鍼《きゅうとうしん》のこと？」

「そうそう、それだ。最近はやらないのか？　あれもよく効いたのを覚えているよ」

祖父から〝灸頭鍼〟に言及され、私の頬が引きつった。

「う、うん。最近はお灸と鍼、別々の施術が中心だよ。……その、灸頭鍼はさ、ちょっとやるのが大変だから」

私は片付けを装って祖父に背中を向け、曖昧に告げた。

「ほう、そうなのか」

祖父は私の答えを不審がる様子もなく、半身を起こしてシャツを羽織り始めた。

……もし、私が祖父の症状の根治を目指すなら、その施術は単体の鍼や灸じゃなく、灸頭鍼をすればいいのだ。

灸頭鍼というのは、刺した鍼の上で丸めたもぐさを燃焼させる手法のこと。鍼と灸を合わせたようなこの手法は、鍼灸の業界では普通に行われているもので、決して珍しいものではない。

だが、私がこの世界で完治を祈りながら行う灸頭鍼はどうやら特別な力を持つようなのだ。それはつまり、どんな身体症状をも癒すチートになるということ。

鍼と灸それぞれ単体で施す場合にはこのチートは発動しない。灸頭鍼だけが、私にとって特別な意味を持つとわかった。

これに気づいたのは、腰痛を訴える祖父に初めて灸頭鍼を行った時。目の前で突如湧き起こった光景に我が目を疑った。反射的に喉まで声が出かかったけれど、祖父に心配をかけたくなくてのみ込んだ。たまたまうつ伏せで寝入っていた祖父は異変に気づかず、施術の終わりに『今までで一番効いた』とうれしそうに口にした。

その後は疑心暗鬼のまま、祖父とは症状の違う人たちを選び灸頭鍼の施術を繰り返した。人選は、慎重に慎重を期した。急性の傷病者は選ばず、施術の際は目もとをホットタオルでしっかり覆った。その甲斐あって症状の完治を喜ばれこそしても、チートの発現に気づいた者はいなかった。

そうして片手の数と同じ人数に施術を終えたところで治癒チートを確信した私は、灸頭鍼の施術を二度と行わないと決めた。

私が暮らすエイル神聖王国が、治癒の女神エイルの祝福を受けて創建されたのは今から二千年前。建国神話や古書には女神エイルの加護を持つ能力者の存在が綴られている。ただし能力者の誕生は、かれこれ数百年以上認められていない。能力者の生きた時代は、今や遥か昔なのだ。

そんな中で私の能力が露見してしまったら……。もしかしたら女神と祭り上げられて、保護という大義名分のもと神殿に閉じ込められてしまうかもしれない。悪い思惑を持つ人に利用されてしまう可能性だってある。少なくとも、私が望む〝自由気ままな暮らし〟は間違いなく奪われてしまうだろう。そんなのはごめんだった。

……そしてもうひとつ、このチートによって人の生死に介入してしまうことへの怖さもあった。私自身一度死んだ経験があるからこそ、関わってはいけないと思うのだ。

とにかく、灸頭鍼はもうやらないと決めていた。それに祖父の症状は灸頭鍼のチートに頼らなくとも、私がお灸で楽にしてみせる！

「お祖父ちゃん、今日は寝る前にもう一度お灸をしておこう。今度は私が部屋まで行くからね」

「すまないな。……ん？　これからどこかに出かけるのか？」

私がお灸に使った道具をまとめ、持ち歩き用の鞄にしまうのを見て、祖父が尋ねた。

「うん。今日はメイジーの町にある養老院に行くの。以前に街で知り合って、定期的に鍼の施術をしている小間物屋の女将さんがいるんだけど、養老院に入所している彼女の伯母さんにも鍼をしてくれないかって頼まれたのよ」

「メイジーの町だと少し遠いな。よし、私がドラゴンで送っていこう」

王都から西に三十キロほどの距離にあるメイジーの町は、青く澄んだ水質のメイジー湖のほとりにあるのどかな町だ。源泉が湧き、貴族らの温泉保養地としても人気だった。

王都からは、日に数本の乗合馬車が運行している。もちろん貴族たちはそんなものに乗らず、自身が保有するドラゴンで乗りつけるけれど。

便利な交通手段であると同時に、希少なドラゴンは上流階級の人々にとって所有することに自体がステイタスなのだ。

「わざわざジジを飛ばすまでもないよ。乗合馬車で十分」

ジジというのは祖父の相棒で、賢くて優しい気質の銀色のドラゴンだ。

この世界のドラゴンは、大きな翼を有した〝ザ・西洋ドラゴン〟な見た目で、金、銀、銅いずれかの色のうろこを持つ。その体色で知能の高さが決まり、ジジは極希少な金色ドラゴンに次いで優秀な銀色ドラゴンだ。とはいえ、祖父が年ならば、その相棒だっていい年。

この世界のドラゴンの寿命は、だいたい人間と同じくらい。祖父が初等学校時代に飼い始めた時、ジジはもう成体になっていたそうだから、おおよそ祖父にプラス十歳……うん、結構なお年寄りだ！

「だが、その荷物では大変だろうに」

鍼灸道具一式が入った鞄はそれなりにかさばるが、さほど重い物ではない。

「これくらいなら全然平気よ。……あ！　私、そろそろ行かなくちゃ。お祖父ちゃんはゆっくり支度してね。それじゃ、いってきます！」

「気をつけてな」

言うが早いか、私は鞄を手に部屋を飛び出した。

「あら、メイサ。出かけるのね」

階段を下りたところで、白髪を上品に結い上げた祖母と行き合った。祖母は、王家から降嫁した元王女だ。老いてなお美しい人で、目尻や口もとに浮かんだ皺すらも彼女をより朗らかに、魅力的に見せていた。さらに祖母はその所作も気品にあふれ、淑女の鑑《かがみ》のようだった。

ちなみに、顔の造作だけ見ると私と祖母は瓜ふたつ。だけど残念かな、日頃からドタバタと駆け回ってばかりの私は淑女とは真逆の印象だろう。

「うん！　今日も鍼の施術を頼まれてるの」

「あらあら、毎日引っ張りだこね。また私にも、キレイハリをお願いね」

祖母の言うキレイハリとは美容鍼のこと。今日の依頼で使う鍼よりも細い専用の鍼を使用し、顔に対して行う施術だ。

「もちろん。お祖母ちゃんがよかったら、明日にでもどう？」

「あらうれしい。ぜひお願いするわ。気をつけていってらっしゃい」

祖母は淡い水色の目を柔和に細め、コロコロと笑いながら手を振った。そんな仕草の一つひとつまで、祖母はまるで転生前に観た映画に出ていた大女優のように様になっていた。

「はーい！　いってきます！」

鞄を持つのと逆の手をひらひらと振り返して答え、足取り軽く屋敷の玄関を出て格子状の門扉をくぐり、馬車の乗り場を目指して踏み出した。

メイジーの町で乗合馬車を降りると、そこには人々の活気があふれていた。

大通りの右側は、煙突のついた三角屋根のかわいらしい家々や商店が建ち並ぶ町人らの居住エリア。左側は、町の名前にもなっているメイジー湖の水面が陽光を受け、キラキラと輝いている。

「わぁ！　綺麗ね」

祖父母と共に以前にも訪れたことがあったが、ここは本当に景観が美しい。キラキラとまぶしいメイジー湖に目を細めながら、通りに沿って歩く。

十分ほど進んだら、真っ白な塗り壁の建物が見えてきた。

「ええっと、養老院は大通り沿いに一キロくらい歩いたところって言っていたから……あ！　きっとあの建物だわ」

広い庭を有した二階建ての養老院は、各部屋に大きな長窓とバルコニーを備え、開放感があった。

玄関ロビーに向かっていると、屋外に面した一階の広々としたテラスで数人の高齢者が思い思いにくつろいでいるのが見えた。

ここは、セカンドライフをゆっくりと過ごすには素晴らしい場所ね。

私が今日鍼を頼まれているご婦人は、引退したらここへ入所するのだと現役時代から決めていたという。そうして王都で営んでいた商店を息子に任せた後、計画通り夫婦で移ってきたそうだ。

ロビーの受付では、スタッフの女性が感じのよい笑みで迎えてくれた。

「ごめんください。こちらに入居するマドレーヌ婦人と約束があって訪ねてきたのですが」

「では、こちらの帳簿にお名前とお住まいの地名の記入をお願いいたします。お手数をおかけして申し訳ございませんが、ご家族以外の訪問はすべて、こちらで入館記録を取らせていただいております」

促されるまま帳簿に必要事項を記入して受付を済ませ、私はマドレーヌ婦人の居室を訪ね、鍼の施術を行った。

マドレーヌ婦人の悩みは冷えとむくみ。鍼の施術をしたからといって、即効で症状が改善するわけではない。けれど今日の施術で血行を促進し、全身の巡りを整えたので、明日はきっと軽い体で爽快な目覚めを迎えられるだろう。

　マドレーヌ婦人は鍼の施術に大満足の様子だった。加えて『あなたといろいろお話しできて楽しかったわ。なんだか心と体が軽くなっちゃった』と、こんなうれしい言葉をくれた。

　再訪を約束し、マドレーヌ婦人の居室を後にした。

——バタンッ。ガタガタ。

　廊下を歩いている時、一階の方から騒々しい足音と焦った様子の声が聞こえてきた。

……いったい何事かしら？

　ただごとではなさそうな気配に、私は階段を駆け下りる。

「なんとかしてくれ！　さっき診療所に寄ってきたんだが、運悪く休診日で不在だった。もしかして、ここなら医師が常駐していると思ったんだが」

「この方は私たちを落石から守ろうとしてくださって、それでご自身がお腹や肩に大きな石を受けて……っ！」

　一階のロビーに行くと、二十代半ばと思《おぼ》しき夫婦が受付の女性に懇願していた。

　小柄なご主人は、その肩に大柄の男性を半ば引きずるように担いでいる。担がれている男性の年齢は私よりひとつふたつ年上くらい。簡素な装いは平民階級の町人によく見るものだが、男性からは不可思議な気品を感じる。

「左肩の応急処置だけでも、なんとかなりませんか⁉」

すばやく視線を向けたら、ご主人の言葉通り男性の左肩は着衣が大きく裂け、むき出しの肌から出血していた。

……かなりの重傷だわ！

パッと見でも、男性の症状はかなり重篤《じゅうとく》とわかった。ただし、ここで言う〝重傷〟は左肩ではない。より深刻なのは、たぶんお腹だ。

医師ではないから実際のところはわからない。だけど、前世では救命講習などひと通り受けてきた。それらの記憶が警鐘を鳴らしていた。

男性は荒く速い呼吸を繰り返す。その口もとは血で汚れ、顔色は真っ青だ。意識も朦朧《もうろう》としている。

肩の傷で吐血と意識障害まで起こしているとは考えにくい。

……おそらくだが、男性は腹部に受けた落石によって内臓を損傷している。

認識した瞬間、体の芯がキンッと冷え、鼓膜で血の巡る音がドクンドクンとうるさいくらいに響いていた。

「本当にすみません。私としてもお力になりたいのは山々なのですが、ここに医療を提供する体制はないんです。スタッフは調理や清掃といった生活介助をする者が中心で、皆、医療処置はできないんです」

受付の女性もやるせなさを滲《にじ》ませている。

急いで医師を探して、開腹手術をしないと男性の命が危ない。ただし、この世界に超音波検査やCT検査なんてないから、医師が勘と経験であたりをつけて開腹し、止血を試みるしかないのだ。予後は不良で、命が助かっても後遺症などで苦しむケースが多かった。

「仕方ない。貴族たちの別荘地を回ってみよう。もしかしたら医師を伴っている人がいるかもしれない。いなくとも、ドラゴンで呼んできてもらえるよう頼んでみよう」

どうしよう。私なら、男性を助けることができるかもしれない。だけど……っ！

治癒チートを確信した後、灸頭鍼の施術は封印した。確信する以前にしても、死に至るほどの傷病者に治癒チートを施した経験はない。

恐れや不安、ありとあらゆる感情が一気に胸に押し寄せる。だけど、思考の嵐が吹き荒れる脳内とは対照的に、手足も唇も、全身がまるで凍りついてしまったかのよう。

私は硬直したまま、ただ立ち尽くしていた。

「そうね、急ぎましょう！」

「ああ！」

ご主人が男性を担ぎ直し、踵《きびす》を返す。

その衝撃で男性は低く呻《うめ》き、うつむいていた顔をクッと上向けた。ほんの一瞬、男性の吸い込まれそうに深いグリーンの瞳と視線が合う。

その途端に胸の奥、深いところで火花が散る。

次の瞬間、私は足を踏み出していた。

「待ってください！　応急処置だけですが、私にやらせてください！」

気づいた時にはもう、こんなふうに声を張っていた。頭であれこれ考えるよりも先に、心が男性の救命を決断していた。

不思議なことに、さっきまで壊れそうに刻んでいた鼓動は鎮まり、心も体も不自然なほど和《な》いで静かだった。

「君は応急処置の心得があるのか⁉　それはありがたい！」

全員がいっせいに私を振り返り、安堵の表情を浮かべる。

「はい。ただし、あくまで応急での処置になります。その間に、どなたかお医者様を呼んできてください」

「わかりました！　私が別荘地に行ってお医者様を探してきます！」

私の声に夫人が応じ、ひとり玄関を飛び出していった。

「処置にはどうぞ、あちらの部屋を使ってください！」

受付の女性がすぐに空き部屋を示してくれる。

「すみませんが、この鞄を持ってきていただけますか」

「は、はい！」

持っていた鞄を受付の女性に手渡すと、男性の左脇の下に入り込むようにして、ご主人の反対側から腰のあたりを支えた。

「ご主人、移動の際、できるだけ振動を与えたくありません。こちら側を支えますので、一緒に運びましょう」

「あ、ああ」

私のワンピースが男性の左肩から流れる血で赤く汚れるのを見て、ご主人は一瞬だけギョッとしたように目を見張ったが、すぐにうなずいて前を見据える。

「もう少しよ！　がんばって‼」

男性の呼吸に力がなくなっているのに気づき、最大限の注意を払いながら足を速めていく。

そうして私はご主人とふたりで男性を空き部屋のベッドに横たえた。

養老院のスタッフも慌ただしく走り回り、水を張ったタライやタオル、木綿のさらし布などを用意してくれている。

受付の女性から預けていた鞄を受け取ると、皆に告げる。

「すみません、ここからの処置は私ひとりにしてください！」

私のこの言葉に、ご主人や治療道具を揃えてくれたスタッフたちは怪訝《けげん》そうに顔を見合わせた。

「で、ですが、ここにいればなにか手伝えることもあるかもしれませんし……」

「大丈夫です！　応急処置の手順は心得ていますから、ひとりで十分です。むしろ、皆さんがいては気が散ってしまいます。ですからどうか、お願いします！」

強引なのは自覚していたが、これから行う処置に同席させるわけにはいかない。

「わ、わかった。処置が終わったら声をかけてくれ」

鬼気迫る私の様相に、ご主人たちはしぶしぶ了承し、部屋を出ていってくれた。

ひとりになると、手早く鞄を開けて鍼灸の用意を始める。

これから行うのは、灸頭鍼。完治を祈りながら患部やその反射区——体内の特定部位につながっている場所にこれを施し、傷病を癒すチートを発動させる——！

男性に疑われるのは、腹部に落石を受けたことによる内臓損傷。しかし、ひと口に内臓といっても多種多様で、熟練の医師にだって視診だけで出血部位を特定するなど不可能だ。

……ならばここで私が選択するのは、あまたある臓器の反射区への施術だ。

手のひらや足の裏にはツボが無数にある。それらに施術をすればいい。

男性をうつ伏せの体勢にするのは難しいから、自ずと狙いは男性の手のひらに定まった。通常、手のひらに施すのはまれだが、これから施す灸頭鍼はあくまで治癒の祈りを叶えるための手段。私は左右それぞれ、重ねたタオルの上に男性の手のひらを上向きに置いて固定し、さっそく鍼を打ち始めた。

――トンッ、トトンッ。

主だった臓器の反射区を選び、細く長い鍼を独特のリズムで打っていく。ひとまず左右六カ所のツボに刺したところで、鍼の上に丸めたポポをのせて火をつけた。

固く両手を握りしめ、男性の完治を願い、くゆる煙に祈りを込める。

その時、左手の親指の付け根あたりに打った鍼が突然まぶしいほどに発光して、鍼の上のポポが虹色のつるりとした球体に変化する。

「ここは脺臓《すいぞう》の反射区！　脺臓が損傷していたんだ！」

そこの一カ所だけを残し、ほかの灸頭鍼を取り払うと、縋るような思いでギュッとまぶたを閉じた。

虹色の球体からは、目をつむっていても視界が真っ白になるほどの光を覚える。同時に、香りの変化もつぶさに感じていた。前述の通り、ポポは燃焼の進みと共に甘い果実のような香りから、スッキリとした独特の芳香へと変化する。普段はスッと鼻先をかすめる程度のそれが、今はむせ返りそうな強さで香る。ただし清涼感あるその香りに不快さはいっさいない。香気に触れ、心と体が清廉なパワーで満たされていくような心地がした。

徐々に光と香りが弱まってきたのを感じ、そっとまぶたを開く。

目に飛び込んだ男性の顔は、血色を取り戻し、呼吸も穏やかになっていた。

「よかった……！」

完治を確信し、安堵で全身の力が抜ける。くずおれるように床にへたり込んだ。

初めて救命のために行った灸頭鍼。ここまでの緊張感はすさまじく、張りつめていたその糸がプツリと切れた。

私は放心状態のまま男性を見つめていた。

短く整えられた艶《つや》やかな黒髪。今は薄く閉じられたまぶたの上に、長い睫毛が影を落とす。秀でた額に鼻筋がスッと通り、頬はシャープなラインを描く。精緻《せいち》な美貌だが軟弱な印象はまったくなく、むしろ匂い立つような男の色香を感じる。それに先ほど一瞬だけ見えた瞳は、吸い込まれそうに深い、とても綺麗なグリーンだった。

改めて目にする男性は、まるで天から降り立った男神が人形《ひとがた》を取ったのかと思うくらい美しい。

こんなに美しい人を初めて見た……いや、女神が人形《ひとがた》を取ったのかと思えるくらい美しい少女になら幼い頃に会ったことがあったっけ。そういえば、あの子も男性とよく似たグリーンの瞳をしていた。

「……って、いけない！」

今は男性の美貌に見惚れている場合じゃない！　命に関わるものではないが、男性は肩にも傷を負っている。それに外ではご主人たちが処置の終わりを待っているのだ。早く肩の応急処置を終えないと、さすがに不審がられてしまう！

息をのむ美しさの男性にしばし見入っていた私だったが、ハッとして力の入らない両足を叱咤して立ち上がった。手早く鋏を抜き、男性のシャツをはさみで切って負傷した左肩を露出させ、消毒から処置を始めた。

こちらは広く皮膚が裂けているせいで見た目の出血が多い。夫婦やほかのスタッフたちも、男性がぐったりしていたのはこの傷からの出血によるものと思って疑っていなかった。けれど、ザッと見た限り、傷は骨や筋にはいたっていないそうだ。

これならば医師の到着後にきちんと治療してもらえば、多少の傷跡は残るかもしれないが自然に治るだろう。私は最後に清潔なさらし布で傷を固定して、前世の講習で習った通りにひと通りの処置を終えた。

——コンコン。

「まだ応急処置は終わらないのかい？　そろそろ入ってもいいだろうか？」

ノックの後、部屋の外から痺れを切らしたご主人が声をかけてくる。

……よかった！　なんとか無事に間に合った！

「どうぞ入ってください。応急処置は今、終わりました」

私が返事をすると、すぐにご主人たちが部屋に入ってきた。

「ああ、ずいぶん顔色がよくなっている！」

「本当ですね！　呼吸も穏やかになっています」

男性の顔をひと目見て、ご主人と受付の女性はホッとした様子で口にした。

「それにしたって、さっきまでの苦しそうな様子がまるで嘘みたいだ」

ご主人の台詞《セリフ》にドクンと脈が跳ね、冷や汗が滲む。

「開いていた肩の傷口をさらし布で固定したことで、痛みが楽になったんだと思いますよ」

内心の動揺をひた隠し、整然と告げた。

「なるほど」

納得した様子でうなずくご主人を見て、ホッと胸をなで下ろした。

さらにご主人は、思い出したように問う。

「あ！　そういえば、腹の方も見ていただいたんでしょうか？　実は、この方が私たちをかばってくださった時、左の脇腹にもろに石を受けていたように見えたんです。私と妻がザッと見た限りでは、とくに出血などはしていなかったのですが」

「え、ええ。伺っていたので、一応お腹も見てみました。痣《あざ》などにもなっていませんし、こちらはとくに問題ないと思います。もちろん、私は医者ではないので、詳しくはお医者様に診てもらわないとわかりませんが……」

語れば語るほど、嘘が折り重なっていく。

「そうですか、よかった！　あなたに肩の傷を処置してもらって、こんなに楽そうになったんだ。そのあなたが言うんだから、ひと安心だ。あぁ、もちろんこの後、家内が連れてくる医師にちゃんと診てもらいますがね」

「あの、後のことをお願いしてもいいでしょうか。すみませんが私、少し急いでいて」

この場に医療に通じる者がいないからなんとかごまかせているが、これ以上はうまくない。男性の処置は終わったのだ。ならば、この上長居は無用だ。

「もちろんです！　医師が来るまで我々がついていますので、どうぞ行かれてください。お忙しいところ応急処置を引き受けていただいて、本当にありがとうございました。それから今回のお礼は後日、改めてさせてください。あなたのお住まいを教えていただけますか？」

「お礼なんてとんでもない！　私がしたくてやったことですから。すみませんが、これで失礼します」

ご主人からの申し入れに慌てて首を横に振り、暇《いとま》を告げて足もとの鞄を掴む。

部屋を出る直前、処置中ずっと目をつむっていた男性の睫毛が微かに揺れ、唇を震わせていたようにも見えたが、私は足を止めずに扉に向かい部屋を後にした。

そのまま逃げるように養老院を後にして、タイミングよくやって来た王都行きの乗合馬車に乗り込んだ。

車内で私を見た乗客がギョッと目を見開くのを見て、自分のワンピースがひどい状態になっていたのを思い出す。乗客に驚かせてしまったことを詫《わ》び、鞄からストールを引っ張り出し、すっぽりと羽織って血がついた部分を隠した。

馬車が走り出すと、ざわつく心を鎮めるようにホウッとひと息吐き出して、車窓へと目を向けた。

胸がずっと、ドキドキとうるさかった。これは、初めての救命によってなのか。あるいは、それ以外の感情に起因するものなのか……。

車窓の外を見るともなしに眺めながら、心の興奮と奇妙な高揚感は一向に冷める気配がなかった。

第二章　王太子殿下、運命の女神に出会う

エイル神聖王国は寒い季節を越えて、日ごと暖かさを増している。

ドラゴンの背にまたがって大空を駆けながら、春霞《はるがすみ》にけぶるエイル連山の稜線を眺める。久しぶりの解放感を味わいつつ、清涼な朝の空気を胸いっぱいに吸い込んだ。

俺はアズフィール・フォン・エイル。名前にエイル神聖王国の国名を戴《いただ》く、この国の第一王子だ。年齢は十七歳。成人となる十八歳の誕生日が翌月に迫っていた。

俺が人知れずメイジーの町を訪れたのは、一年ぶりに諸国漫遊の旅から帰国したロディウスがこの町で羽を伸ばしていることを偶然耳にしたからだった。

わずらわしい護衛は途中で全員まいてきたが、不安は微塵《みじん》もない。日々の鍛錬と紛争地帯で積んだ実践経験に裏付けされた強さにより、護衛がつかずとも自分の身を守れるという自負はある。

ロディウスというのは王妃である母の弟で、俺の叔父にあたる。ロディウスは貴族らしからぬ自由奔放な男で、侯爵《こうしゃく》という地位にありながら王都でおとなしくしていたためしがなかった。

年中自ら商隊を率いては諸国を漫遊している風来坊かと思いきや、彼の商才は侮れない。かなりの目利きで、彼が買いつけてきた異国の品々は社交界で高い評価を得ていた。

二十以上の年齢差があるが彼とは不思議とウマが合い、ずっと個人的な友好が続いていた。

「それにしても、帰国しているならいるでひと言知らせてくればいいものを。出発前に会った時、『帰国したら知らせてこい』と言っておいたのを忘れたわけでもあるまいし、相変わらずいい加減な男だ」

「ギュァ」

背中の上でやれやれとこぼす俺に、相棒のドラゴン――アポロンが、まるで同意するようにいなないた。

「さて。宿だけでもたしか三軒あったはず。ロディウスが滞在しているのはどこだ？」

アポロンの背からメイジーの町を眼下に見ながら、ロディウスの行動パターンを想像してみる。

旅の醍醐味を『その土地の民に交じり、酒と郷土料理を共に楽しむことだ』と断言する豪放な男だ。そんな男が、貴族らが保養に集う別荘地エリアにある高級宿を好んで選ぶとは思えなかった。

「……間違いない。大衆の温泉宿だな」

三軒のうちの一軒にピンとくる。俺は行き先を大衆の温泉宿に定めると、メイジー湖のほとりの開けた草地にいったんアポロンを着地させた。

貴族たちの別荘が集うエリアならともかく、町人らが行き交うエリアでドラゴン――それも極めて希少な金色ドラゴンを伴っていては嫌でも目立つ。アポロンの背からトンッと降りて、その鼻先をなでながら告げる。

「三時間後、またここで合流しよう」

「ギュァ」

金色ドラゴンの中でも破格に賢いアポロンは、俺の言葉に『承知した』というようにひとついななき、再び翼をはためかせ、空に飛び立っていった。

身ひとつになった俺は、羽織っていたマントを脱いで小脇に抱えた。マントの下はあえてシンプルなシャツとズボンを選んで着用しており、難なく町人に紛れられた。

「前回の来訪は一年前になるか。懐かしいな」

メイジーの町は、ロディウスに連れられて何度か訪れたことがあった。そのたびに大衆酒場や食堂を梯子して連れ回された。おかげで俺も、自ずとこの町……それも町人らが暮らす居住エリア内には詳しくなっていた。

久しぶりの町歩きに、いやが上にも心が弾む。町は今日も多くの人々が行き交って活気にあふれ、俺の足取りは軽かった。

その時、すぐ前の横道から女性が飛び出してきて、トンッと俺の肩をかすめた。瞬間的に肌が粟立ち、暖かな陽気に見合わぬ寒気が全身を襲う。

「おっとごめんね！」

二十歳を超えたくらいだろうか、物売りと思しき女性は振り返って俺の顔を見るや、訝《いぶか》しそうに首をかしげた。

「ちょっとお兄さん、顔色が悪いようだけど大丈夫？　そんなに強くぶつけちゃったかな？」

「いや、大事ない」

心配そうな女性に、意識的に笑みの形をつくって告げる。

……そう、決して女性が悪いわけではない。これは、俺自身の事情なのだ。

「ならいいんだけど。それじゃ、悪かったわね」

女性は安堵した様子でひとつうなずき、そのまくるりと背中を向け、人ごみをかき分けるようにして速足《はやあし》で歩いていった。

女性のうしろ姿を見るともなしに見ながら、自嘲的な笑みがこぼれた。

俺は物心ついた時からずっと女性が苦手だ。理由は自分でもわからない。赤子や老婆はその限りでないが、とくに若い女性と接触した際に覚える嫌悪感がすさまじい。ひとたび触れれば今のように悪寒や鳥肌、呼吸苦といった不快な症状が必ず現れる。

とはいえ気を張っている普段なら、少なくとも表面上は平静を装える。こうもあからさまに表情や態度に出すことはなかったのだが。

……いかんな。どうやら王宮を出た解放感で、ずいぶんと気が緩んでいたようだ。

鳥肌と寒気はしばらくすると治まった。苦笑しつつ、それ以降俺は意識的に女性の近くを避けながら進んだ。

目指す大衆の温泉宿があるのは町のはずれ。エイル連山の切り立った山肌を背にしてポツンと建っている。そこは源泉かけ流しが売りで、エイル王国でもっとも標高の高い場所にある温泉でもあった。

切り立つ岩質の崖を進行方向の右側に見ながら、沿うように整備された山道を行く。

途中、仲睦まじく寄り添う若夫婦を横から追い越す。漏れ聞こえてくる会話から夫人が妊娠中で、子供が生まれてくるのをとても楽しみにしていることがわかった。

子は国の宝だ。俺は微笑ましい思いで夫婦の前を歩きだした。

その直後に事件は起こった。

最初に気づいたのは、地すべりのような不穏な音。反射的に振り返ると、やや後方の崖肌に亀裂が走り、すでに一部が崩れ始めていた。

ほんの一瞬、火薬の匂いが鼻腔をかすめたような気もしたが、それを気にしている余裕はなかった。頭上からは小さな落石が降ってきており、崩落の瞬間がすぐそこまで迫っていた。

即座にうしろの夫婦に向かって声を張る。

「危ない！　崩れるぞ、逃げろ‼」

俺の叫びを聞いた夫婦は走り出そうとしたが、頭上から崩れ落ちてくる石片を見た夫人は間に合わないと思ったのか、その場で膨らみ始めたばかりの腹をかばった。横にいた夫は、咄嗟に夫人の上に覆い被さる。

俺ひとりなら、進行方向に走るだけで難を逃れられた。しかし夫婦の姿を見たら、考えるより先に体が勝手に動いていた。大小の落石が降り注ぐ道を戻り、渾身《こんしん》の力でふたりを担ぎ上げ、道向こうへと押しやる。その際左半身にもろに落石を受けたが、意地でも夫婦を離さなかった。

なんとか落石が及ばぬ場所まで退避した瞬間、ガクンと地面に膝をつく。俺の異変に気づいた夫婦が必死で呼びかける。それに答えようと思うのに、まともな声が出なかった。

臓腑にこれまでに覚えたことのない燃えるような熱さを感じながら、本能的に己の終末を悟った。

崩落した大小の石が積もり、宿への道は完全に塞がっていた。無事だった夫は、俺を担いで迷わず町の方へと来た道を戻り、町唯一の診療所に向かった。しかし不幸にも医者は不在。俺はだんだんと意識が遠のき始めた。

診療所を後にした夫婦は一縷《いちる》の望みを託し、どこかの施設に駆け込んだようだった。左側の腹部に感じていた痛みも、今はもう俺を苛《さいな》まない。全身を襲う異様な虚脱感と悪寒が、迫る死期を伝えていた。

助けたことに後悔はない。第一王子である俺が死ねば少なからず混乱はあるだろうが、最終的には降嫁せず王家に残っているイザベラ姉上が王太女となり落ち着くだろう。エイル神聖王国では女性に王位を認めていないが、俺が生まれる前は暫定的に女王を承認する方向で最終調整が進んでいたのだ。

……ふむ。そう考えると、俺の死はエイル神聖王国にとってむしろよいのかもしれないぞ。

かすれがすれの意識の片隅で、他人事のように一歩引いたところから己の死について考察する。

これまで女嫌いを周囲に明かしたことはなかったが、これは男として……なにより王として致命的な欠陥だ。世継ぎの誕生が望めないとなれば、遠からず王家は難しい決断を迫られることになる。ならばいっそイザベラ姉上が暫定女王として立ち、王配を取って王家の血をつなぐのも妥当かのように思えた。

人生に悔いがないといったら嘘になるが、さっきまで聞こえていた夫婦の励ましの声も、今はもう聞こえない。すべての感覚が遠ざかっていく。どんなにあがいたところでもう助からない……。

俺を支えていた夫が体勢を変えた衝撃で体が跳ねた。カクンと顎《あご》が上がり、半分まぶたが落ちた目が偶然ひとりの女性を映す。

その瞬間、真っ黒に染まっていた俺の視界に光が差した。

……なんだ？　俺はいったい、どうしたんだ？

やわらかなストロベリーブロンドの髪に理知的な光を宿す薔薇色の瞳をした女性を目にして俺の胸に湧き上がったのは、死の間際には不自然な高揚と歓喜だった。

女性の年齢は、俺よりひとつふたつ下くらい。しかし彼女はその若さとは不釣り合いに、どこか老成した雰囲気を漂わせていた。

俺はもう自力で顔を上げていられない状態だったから、目が合ったのはほんの一瞬。しかしその一瞬で、女性は俺の胸に鮮烈な存在感を植えつけた。

凛と響く彼女の声を聞いた。彼女は夫婦となにか言葉を交わしているようだったが、死の淵に立つ俺にはその意味にまで理解が及ばない。

彼女の気配が近づいたのを肌で感じた。直後、あろうことか彼女が俺の左脇に入り込み、うしろからガッシリと腕を回して俺の腰を支えたのだ。

先に触れた通り、女性との接触は俺に多大な苦痛をもたらす。触れると百パーセント発生する呼吸苦と動悸、鳥肌などの不快な身体症状。普段は、やむを得ぬ場面のみなんとか耐えて触れもするが、満身創痍の今はとてもではないが耐えられそうになかった。きっと衝撃で、俺の息は止まってしまう。

……ここまでか。

いよいよ死を覚悟して、俺が身構えたのはほんの一瞬。

嘘だろう⁉　なにも、起こらないだと……⁉

彼女が触れても一向に、俺の体に変化はなかった。代わりに、熱く沸き立ったのは俺の心。

彼女の温もりに触れた瞬間、理屈ではなく魂が震えた。それと同時に、ここまでの諦観が嘘のように生への欲求が湧き上がる。

……嫌だ、俺はまだ死にたくない。生きて彼女と話がしたい。

彼女と触れ合っても問題なかったのはどうしてなのか。その理由《わけ》を解き明かさずには死んだって死にきれない。

必死に意識の糸をつなごうとするが、無情にも俺の体力が限界を迎える。

「がんばって‼」

消えゆく意識の中、凛と響く彼女の声を聞いたような気がした――。

意識を失った俺は、昔のことを夢に見ていた。

俺は七歳くらいだろうか。肩に届く長さの髪を無造作に下ろし、丸い頬にくりくりとしたグリーンの瞳を細めて笑う俺は、四人も姉がいる影響もあってか、どこか少女めいて見えた。

『もういいかい？』

二番目の姉・メアリが大木の幹に顔を伏せたまま問いかける。

『まーだだよ』

幼い俺は大きな声で答え、髪を肩で揺らしながら若葉がみずみずしく茂る木々の間を走り出す。三番目の姉と四番目の姉、そして長姉のイザベラも方々に走り去っていく。どうやら姉たちとかくれんぼをして遊んでいるようだ。

場所は、王宮裏に隣接する十ヘクタールほどの樹林公園。ここは国立研究所が希少樹木の生態を調査するために所有管理していた。自然に近い状態での調査を目的としており、王都の中心――それも王宮と敷地を接する好立地にありながら、手つかずに近い自然が堪能できる穴場だった。ただし公園とは名ばかりで、研究員以外は本来立ち入り禁止だ。

当然、俺も大人たちから立ち入らぬよう言い含められていたが、冒険は子供の大好物。俺はたびたび大人たちの目を盗み、この樹林に入って遊んでいた。

ちなみに俺が七歳ならば、共にかくれんぼに興じる長姉のイザベラは成人を間近に控えた十七歳。二番目から四番目の姉たちにしても物の分別がわからぬ子供ではない。本来なら俺を止めるのが筋だ。しかしイザベラは普段から、大人たちに内緒で調教中のドラゴンがいるドラゴン舎にこっそり連れていってくれたり、異国の香《こう》や食べ物など珍しい物を分けてくれたりと、幼い俺に寛容だった。おそらくこの日も、ひとり樹林に向かう俺に気づいて、遊びに付き合ってくれたのだろう。ほかの姉たちもそんな長姉に倣《なら》ったに違いない。

なんにせよ、きょうだいの中でひとりだけ年が離れた末子の俺は、いつだって年長の姉たちにかまってもらえることがうれしくて仕方なかったのだ。

『どこに隠れよう』

『アズフィール、こちらにいらっしゃい』

俺がキョロキョロと周囲を見回していたら、うしろから小さく声をかけられた。

『イザベラ姉様！』

振り返ると姉が、赤色に塗った美しい爪が目を引く人さし指の先を、同じく艶《あで》やかな赤色に塗られた唇にあてて微笑んでいた。

『シィ、静かに。かわいいアズフィール、特別にとびっきりの隠れ場所を教えてあげるわ』

『ほんと⁉』

姉が口にした『特別』の一語に、俺はパァッと笑顔を弾けさせる。手招かれて、軽い足取りで姉の背中を追った。

姉は慣れた様子で道なき道を下りながら進み、俺がこれまで一度も入ったことがない樹林の奥で足を止めた。

『ここよ』

『えっ、木の根もとに穴がある！』

姉が示した老木の根もとを覗き込むと、六十センチほどの洞《ほら》があった。

『ここならきっと見つからないわ。入ってごらんなさい』

『わぁ、すごい！　これならきっと見つからないね』

俺は人ひとりすっぽり納まるサイズの洞に飛び込んで、感嘆の声をあげた。

ご満悦の俺を見て、姉は満足そうに引き返していった。それからしばらくして事件は起こった。

——ズズッ、ズズズズッ。

洞の外から聞こえてくる低い音を聞きつけて、怪訝に思いながら草をかき分け、洞からひょっこりと顔を出す。

『うわぁあっ‼』

上から転がり落ちてくる直径一メートルはあろうかという岩を認め、俺は叫び声をあげながら洞の奥に顔を引っ込めた。直後にドーンという大きな衝撃音を響かせて、岩は洞の入口を塞いで止まった。

どうしてこんな岩が転がり落ちてきたのかはわからないが、事はもうかくれんぼころの話ではない。力を込めて押しても岩はびくともせず、俺は大声で姉たちに助けを求めた。

ところが声が洞内でこもって遠くまで響かないのか、姉たちからの返事はなかった。この場所を知るイザベラ姉様がいつか来てくれるとわかっていても、閉じ込められた心細さで胸が押しつぶされそうだった。

『そこに誰かいるの⁉』

そんな時、俺は岩の向こう側から天使の声を聞いた――。

天使の正体は金髪の少年で、彼は上空に呼びつけた銀色のドラゴンに岩を割らせ、俺を洞から引っ張り出してくれた。彼の隣には心配そうに俺を見つめる赤毛の少年もいた。

金髪の少年は空芯のある植物を探しに樹林に忍び込んだことを、こっそり教えてくれた。俺は先ほどまでの恐怖も忘れ、すっかり打ち解けた少年たちと一緒になって植物を探した。

そうして真上にあった太陽が西にだいぶ傾いてきた頃、メアリ姉様の呼び声を少し先に聞き、うしろ髪引かれる思いで少年たちと別れた。

　メアリ姉様たちと合流した時、俺がなかなか見つからなかったために鬼役だったメアリ姉様はもちろん、ほかのふたりの姉も探し疲れた様子だった。メアリ姉様たちから『こんなに暗くなる前に、もっと早く出てきてくれればよかったのに』と口々に小言をもらいながら、俺はそれならば居場所を知っていたイザベラ姉様が来てくれたらよかったのに……と少しだけ不満に思った。

　チラリと見上げると、イザベラ姉様がスッと隣にやって来て、俺の左手を握る。角度が悪いのか、姉がどんな表情をしているのかはよくわからなかった。

『あなたたち、もういいじゃないの。こうして無事にアズフィールが見つかったんだもの、ねぇ？　さぁ、みんなで帰りましょう』

　イザベラ姉様のひと声で、メアリ姉様たちは『それもそうね』と納得した様子を見せた。

　俺は少年たちと楽しい時間を過ごした興奮から、全身の体温が少し高くなっていた。それは左手も例外ではなかったのだが、イザベラ姉様に握られた左手からスーッと体温が奪われていくような不思議な感覚がした――。

　夢の世界から、ゆっくりと意識が浮上していく。

まず感じたのは、優しい温もり。姉とつないで感じた不可解な冷感を払拭するように、左の手のひらから発生した温もりが血脈にのって全身に巡る。心地よい熱感は最終的に腹部でとどまり、ある一点を内側からじんわりと温めた。熱の広がりと共に曇天の空が晴れていくかのように、不明瞭だった意識も段々と覚醒していった。

……俺はいったい、どうしたんだ？

今の状況を知るべく目を開こうとしても、重たいまぶたはなかなか持ち上がらなかった。

「よかった……！」

その時、頭上から心底安堵した様子の声があがる。

これは、彼女の声だ――！

すぐにピンときた。同時に、現在自分が置かれた状況にも一気に理解が及ぶ。

そうだ。俺は落石を受けて運ばれた施設で彼女に出会い、彼女から処置を受けた。

しかし、臓腑をやられて死を待つばかりの状態だったはず。それなのに、どうして生きているんだ？

医者でも治せない怪我《けが》を負いながら、生きているだけでも奇跡的。その上、全身に虚脱感こそまだ残っているが、悪寒は完全になくなっていた。あれだけ迫っていた死の足音は遠ざかり、満身創痍だった体が清廉なパワーで満たされている。

何度か力を込めていたらわずかにまぶたが持ち上がり、細く視界が開けた。

彼女が俺の左手からスッとなにかを取り払い、慌てて鞄に押し込むのが見えた。

……今のはなんだ？　微かに光っているように見えたが……気のせいか？

なんとなく、彼女はそれを隠したがっているようだった。

彼女がなにをしているのか知りたかったが、これ以上目を開け続けているのが難しく、いったんまぶたを閉じた。

彼女は続けて俺の肩の手当てを始めてくれ、消毒薬をかけたり、さらし布を巻きつけたりしていた。その手際のよさは見ずともわかった。

しかし、どういうことだ？

致命傷を負ったはずの内臓がいっさい痛まず、軽傷の肩の処置に痛みを覚えるのが不思議だった。

彼女が処置を終えるのとほとんど同時に、俺を運んでくれた夫らが入室してきて、俺の容体について話し始めた。俺は意識こそだいぶ鮮明になっていたが、いまだ言葉を発せるような状態ではなく、頭上で交わされる会話に耳を傾ける。

俺の腹について、彼女は『とくに問題ない』と口にした。

なぜ嘘をつくのか……。いや、おそらく彼女は嘘をつかねばならないのだ。

きっと、正直に明かすことのできない特大の秘密を身の内に抱えている。それはもちろん、先ほど俺を助けた治癒能力。これは俺の想像だが、彼女は女神エイルの祝福を受けてこの世に生まれいでた〝能力者〟なのではないだろうか。

エイル神聖王国は、治癒の女神エイルによって建国された歴史ある国だ。古い時代、国民には女神エイルの祝福を受けた治癒能力者がまれに生まれていた。しかし数百年以上能力者の誕生はなく、国民にとって、そして俺にとってもその存在はすでに輝かしい過去の遺物という認識だった。だが、彼女は実際に瀕死の俺を生き長らえさせた。

死の淵にあった俺は、彼女を見て生きたいと思った。そんな俺を、彼女が生かした。なんとか彼女をこの場に引き止めたくて声をかけようとしたが、喉がカラカラに張りついてしまっていて、まるで声にならない。そうこうしているうちに、彼女はひどく急いだ様子で逃げるように行ってしまう。

必死になって、もう一度まぶたを開く。その目に、部屋を出ていく直前の彼女の姿がほんの一瞬だけ見えた。

理知的な光を帯びた薔薇色の瞳に、やわらかそうなストロベリーブロンドの髪。どことなく異国情緒が漂う凛とした彼女の横顔が、俺の脳裏に鮮やかに刻み込まれた。

胸に浮かんだ微かな既知感に内心で首をひねるが、おそらく意識を失う直前に見た彼女に対して覚えた感覚だろうとひとり納得した。

……大丈夫だ。今無理に追いかけずとも、見つけ出してみせる。彼女は俺だけの女神だ。必ず、再び女神と見《まみ》えてみせる――。


その後は、いくらもせずに夫人が老医師を伴って部屋に駆け込んできた。

……おいおい、ドクドールじゃないか。

老医師の顔を見た瞬間、内心で頭を抱えた。ドクドールは現役の宮廷医師で、たしか先週から休暇を取っていたはずだ。まさか、この男がメイジーの町に滞在していようとは。

ともあれ、ドクドールならばその腕は確かだ。

俺はこの頃には会話も歩行も自力でできるまで回復していたから、目を真ん丸にして、顎がはずれそうなくらい大口を開けて立ち尽くす老医師のもとに歩み寄り、その耳もとでささやいた。

「ドクドール。休暇が明けたら、俺のワインセラーに来い。どれでも好きな酒を持っていけ」

「……一本ですか？」

狼狽しつつも、しっかりと確認してくる食えない老医師に、俺は苦笑した。

「好きなだけ持っていけ。その代わり……わかっているな？」

「よろしいでしょう。私は滞在先の町で見知らぬ青年を助けただけでございます」

無類の酒好きのドクドールは、ほくほく顔でうなずいた。

そうして処置のため夫妻に退席してもらった部屋で、老医師から手当てを受けた。

左肩を数針縫ったが、およその想像通り傷は骨や筋にまでは達していなかった。

「消毒と包帯の交換は毎日欠かさずに。抜糸は一週間後、私の医務室で行いましょう」

「わかった」

俺が破れてしまったシャツの代わりに借りたシャツを羽織ろうとしたら、ドクドールに止められた。

「一応腹部も診ておきましょう」

「いや、腹はいい」

「いけません。ご夫人の話では、肩よりもひどく石を受けていたとのこと。診せてください」

腹についても、ドクドールに押し切られる形で診せた。痣ひとつない腹部を診たドクドールは、怪訝そうに首をかしげる。

「……ふむ。夫人からは『かなりの衝撃で落石を受けていた』と聞いていたのですが、たしかになんともありませんな」

「かすめただけだ。夫人の位置からは、そう見えたのだろう」

ドクドールはやや納得いかなそうではあったが、触診していた手を引っ込めた。

「ところでアズフィール様、どうしてメイジーの町……それも大衆の温泉宿になど向かっておられたのです？」

「お前にだから言うが、ロディウス叔父上が滞在していると聞いてな。それで、訪ねようとしたんだ」

俺のこの言葉に、ドクドールはギョッと目を見張った。

「ロディウス様⁉　……いやいや、それはおかしい！」

「どうした？」

「昨日、ロディウス様とグリニーズでお会いしているんですよ」

グリニーズというのは、隣国ウォールド王国との国境の町だ。ここからだと、ドラゴンを高速で飛ばしても半日はかかる。

「なんだと？　詳しく教えてくれ」

ドクドールに噛みつくように尋ねた。

「私は昨日の朝まで、娘夫婦が暮らす隣国ウォールド王国に滞在していたんです。ロディウス様とはグリニーズの馬車駅で偶然お会いしたのですが、これからウォールド王国に入り、名産を買いあさるのだと意気込んでおりましたよ」

「昨日、ロディウスと……？　なんということだ、ではロディウスは今頃ウォールド王国にいるのか……」

宮廷晩餐会の折、イザベラ姉上と懇意にしている令嬢たちからロディウスのメイジー滞在を耳にした。彼女らは『保養で滞在していたメイジーでロディウス様を見かけた』と言っていた。それに姉上が『そういえば、ロディウス叔父上がよこした手紙にメイジーにしばらく滞在する旨が書かれていたわ』と、たしかに答えていたはずだ。

……いや。複数人での談笑中に姉たちが話題にしていたが、俺は直接その会話には加わっていない。

その時は、隣からしきりに話しかけてくる令嬢を無視できずに対応しており、姉たちの会話の内容は半分だけ耳に入れている状態。後から姉に詳しく聞こうにも、それ以降姉とはすれ違いになってしまい、尋ねるタイミングがないままメイジーにやって来たわけだが……。どうやら聞き違いをしたらしい。

「失礼ですが、ロディウス様ご本人とこの町で会う約束をしたわけではなかったのですね」

「あ、あぁ。たまたまロディウスのメイジー滞在を聞いてな。どうやら俺は、少々早合点したようだ」

「さようですか。なにやら、今回はツイておりませんでしたね。肝心のロディウス様はご不在、あげく落石事故の巻き添えとは……」

「まぁ、そういうこともあるだろうさ。次からは相手が誰であれ、先に連絡を取ってから動こう」

落石は完全に不運だったが、ひとり先走ってメイジーまでやって来た自分の迂闊《うかつ》さを悔やんだ。

「一国の王子の行動としては、ぜひとも初めからそうしていただきたかったです。加えて次回は、護衛もお連れいただくのがよろしいかと」

「ははは。まったく耳が痛いな……おっと。そろそろアポロンが待ち合わせ場所に戻ってくる時間だ。すまないがドクドール、これ以上ここにとどまって、警邏《けいら》に落石時の聴取などされては堪《たま》らない。すまないが後を頼む」

「やれやれ。それでは私の方がバカンスの後半をつぶされてしまい、堪ったものではありませんよ。……まぁ、仕方ありませんな。王宮の厨房《ちゅうぼう》から上等の肴《さかな》もつけていただくことで手を打ちましょう」

「恩に着る。とびきりのを揃えておこう」

ドクドールに礼を伝えると、俺は身軽に窓枠を飛び越えて、ひとり部屋を後にした。

アポロンと合流した俺は、背にまたがって空に飛び立った。

メイジーの町を眼下に眺めながら、心は高揚していた。

ドクドールは俺に『ツイておりませんでしたね』と言ったが、俺はこの町で、積み重なる不運をすべて帳消しにする運命の出会いを果たした。

女性に触れて、呼吸苦などの症状が現れなかったのは初めてだった。死にかけていたために、たまたま症状が出なかった可能性もゼロではないが、彼女だけが特別なのだと半ば確信していた。

「早く君に会いたい」

彼女を見つけたら、まずはありったけの感謝を伝えたい。

当然、彼女が有する能力についても正しく知っておく必要があるだろう。しかしそれは、俺にとってさして重要ではない。なにより確かめたいのは、彼女だけが特別であるその理由《わけ》だ。

おもむろに胸に手をあてる。

……不思議だった。彼女が触れても苦しくなかった胸が、彼女を想像するだけで苦しいほどに高鳴る。

彼女と再び見《まみ》えた時、この不思議にきっとなにがしかの答えがもたらされるだろう。俺の中でそんな予感があった。

その時。ふいに春風が俺の髪をふわりと舞わせ、そよそよと心地よく吹き抜けていく。眼下では、冬の寒さに耐え芽吹きを迎えた草花が芳《かぐわ》しく揺れていた。

心が清々《すがすが》しいエネルギーで満たされていくのがわかる。かつてないくらい、わくわくしていた。

高鳴る鼓動を抑えながら、俺の世界が鮮やかに色づき始めるのを感じていた。

＊＊＊

メイジーの町を訪れた日から三日が経った。

「メイサ？　おい、メイサ？」

「んっ？」

祖父の呼び声で、束《つか》の間の物思いから今に意識が戻る。

「燃え終わっているようだぞ」

……いけないっ！

「ごめんお祖父ちゃん！　熱くなかった？」

祖父の指摘でハッとして、台座ごと燃え終わったお灸を取り去る。広い祖父の部屋には、燃えたポポの清涼な香りが薄っすらと漂っていた。

お灸をしている時は目を離さないのが基本。施術中にぼんやりするなんて、とんだうっかりだ。

「あぁ、気持ちよかったぞ。それにしても、最近のメイサは心ここにあらずのようだ」

「うっ……お灸中にほんとにごめんね」

「ははは。それはかまわんが……さては、誰ぞいい相手でもできたのかな？」

脳裏に、艶やかな黒髪にグリーンの瞳をした青年の姿がよぎる。私は慌てて振り払い、少し早口で答える。

「ち、違うったら。ただぼんやりしちゃってただけ。そんな人はいないよ」

青年は、メイジーの町で灸頭鍼の処置をした相手だ。私が彼の命を助けたのだから、その後のことなどいろいろ気になってしまうのも仕方ないだろう。

だから決して男性自身について、どうこう思っているわけじゃない……うん。

「そうかね」

「そうそう。それよりお祖父ちゃん、首筋から前肩にかけて張っているって言ってたじゃない。普通は、皮膚の薄い鎖骨のあたりにはあんまりしないんだけど、今日は前側からも軽くお灸をして終わりにしようか。ベッドに仰向けに寝てくれる？」

肩の痛みに対する施術は、基本的に座った状態で行うことが多い。しかし今日は祖父の訴えを加味し、あえて提案した。

「おぉ、それはありがたい」

私が告げると祖父はうれしそうに椅子を立ち、すぐにベッドに移動した。

祖父が仰向けに寝転がると、私は祖父の胸あたりまでタオルケットをかけて、右前肩付近の二カ所のツボに台座を置き、小さめのポポでお灸を据えた。前肩……とくに鎖骨から首の近くは皮膚が薄く、ほかの部位より温感を得やすい。火をつけたら、今度こそ慎重にお灸の燃焼を見守った。

そうして、ちょうどいい具合にポポに熱が伝わってきたタイミングで――。

「ねぇお祖父ちゃん、なんだか下がずいぶんと賑やかじゃない？」

一階から、使用人たちが慌ただしく行き交う足音が聞こえる。さらに屋敷全体が浮き立っているような妙な空気を感じた。

「はて、来客だろうか？」

祖父とふたりで首をかしげていると扉がノックされた。

「あなた、おキュウをしているところ申し訳ないけれど、すぐいらしてくださいな」

祖母がいつになく慌てた様子で扉越しに告げる。

ただしその声に不安や怯《おび》えの色はなく、むしろ、わずかに弾んでいる。どうやらトラブルの類いではなさそうだ。

「いったいどうしたんだね、アマンサ？」

すぐに祖父が祖母に問う。

なんにせよ、祖母がお灸の最中にこんなふうに声をかけてきたのは初めて。なにかあったのは間違いない。

祖父から指示を受けるよりも先に、お灸を中止するべく動きだす。金属製の小皿を祖父のすぐ脇に用意して、手前のお灸から台座ごと掴み上げて小皿に置く。

「実は今ね、アズフィール様がいらっしゃって……あっ！」

……アズフィール様？　誰かしら。

祖母が口にした名前を頭の中で反芻していると、外から扉が引き開けられる。そうして扉から顔を現したのは、戸惑った表情の祖母と……えっ⁉

あの時の彼だわ……！　どうしてここに彼がいるの⁉

今まさにふたつ目のお灸を掴み上げていた私は、予想外の人物の登場にビクンと肩を揺らした。不覚にもその衝撃で台座の上から燃焼中のポポがポロッと落ちてしまう。

いけないっ！

咄嗟に左手を伸ばし、祖父の肌に落ちる直前で燃えるポポを手のひらで受け止めた。

熱っ‼

左手で受けたポポはすぐに小皿に離したけれど、ポポに触った部分がジンジンしている。

「おい⁉　燃えたものを素手で掴むなど、なにを考えている⁉」

男性が駆けてきたと思ったら、ガッシリとした大きな手で左の手首を掴まれた。

「きゃっ？」

男性は私の手を掴んだまま、一直線に奥の出窓に引っ張っていく。窓前に飾られていたオーバルの平たい花器から水に浮かんだ花を鷲掴みにして取り払うと、私の左手を水中に沈めた。

「しばらく冷やした方がいい、じっとしているんだ」

戸惑う私に、男性は真剣そのものの様子でピシャリと告げる。

チラリと目線を向けたら、頭ひとつ分以上高い位置から男性の整った美貌が私を見下ろしていた。その瞳は三日前に見たのと同じで、宝石よりもっと澄んだ至高のグリーン。

目と目が合った瞬間、胸がドクンと大きく跳ねた。

……どうして、そんなに熱い目で私を見るんだろう？

私を見つめるグリーンの瞳の温度に落ち着かなくなる。涼やかな目もとの奥に燃え立つような熱を感じるのは、果たして私の気のせいなのか……。

極力さりげなさを装って男性から逸らした視線を、花器の中に沈めた手へと移した。

だけど、鼓動はいつまでも駆け足のままだ。

頬が火照《ほて》っている。それに、男性に掴まれたままの手首が、ポポに触れた手のひらよりもっと熱を持っていた。

「……あの、心配いただいてありがとう。でも、もう平気よ」

されるがまま、しばらくそうしていたけれど、さすがに居た堪れなくなって声をあげる。

「なにが平気なものか。君の手に傷が残ったらどうするんだ！」

「あら。それなら、むしろよかったわ」

「なんだと⁉　火傷していいわけがあるか。君はいったいどういう思考回路をしているんだ？」

男性は眉間にクッキリと皺を寄せた。

「えぇっと。ごめんなさい、今のは私がちょっと言葉足らずだったわ。祖父の肌に落として火傷を負わせるくらいなら、私が負った方がよほどいいと、そういう意味だったの」

男性は私の答えがよほど意外だったのか、虚を突かれた様子でパチパチと目を瞬く。

手首に回した男性の手が緩むのを感じ、私はゆっくりと花器から手を抜いた。男性は、私の行動を無理に止めようとはしなかった。

「実は燃えるポポ……あ、ポポというのは、私が今掴んだやつのことね。あれの温度はだいたい六十度から八十度くらいなの。だから、胸まわりなどの皮膚の薄いところはともかく、比較的皮膚の厚い手のひらであれば、仮に握り込んでしまっても大火傷には至らない。……ほら。私の手も、おかげさまで微かに赤くなっている程度よ。これなら水ぶくれにもならないわ」

男性に手のひらをかざしてみせる。目にした男性はホッとした表情を見せ、すぐに自身のポケットからハンカチを取り出した。

「そうか。大事ないならそれでいい。大仰に騒ぎ立ててしまい、すまなかったな」

男性は糊《のり》のきいた真っ白いハンカチで、濡れた私の手をそっと包む。宝物でも扱うような丁寧さがこそばゆく、頬にますます熱が集まる。

「ううん。気遣ってもらって、うれしかったわ」

あまりの恥ずかしさに男性を直視できず、うつむき加減のまま早口で答える。

「ところで、どうしてあなたがここに？　その、もう出歩いたりして大丈夫なの？」

私は続けて、ずっと気になっていたことを尋ねた。

男性は、怪我を負った左肩を固定したり吊ったりはしていないし、とくにかばうそぶりもない。しかし怪我はそれなりに深かったはず。もう普段通りにしていて大丈夫なのだろうか。

「アズフィール様」

私の問いかけに男性が答えるよりも一瞬早く、一歩分の距離を置いて私たちのやり取りを見つめていた祖父が歩み寄ってきて口を開いた。

「もしや、うちのメイサをご存じでいらっしゃるのですか？」

祖父はすでに、裸の上半身にシャツを羽織っていた。そのすぐ隣には、なぜか目をキラキラとさせた祖母が立っている。

「ヴェラムンド伯爵、突然押しかけてしまってすまない。実は三日前、メイジーの町の養老院でメイサ嬢の施術で救われてな。今日は、その礼を伝えに来たんだ」

祖父の問いに、男性……ええっと、たしかアズフィール様と呼ばれていたっけ。アズフィール様は、さらりと口にする。

ちなみにアズフィールという名前は、我が国の第一王子様と同じ。第一王子の命名後に、アズフィールという名の男児が貴族平民問わず一気に増えたという。おそらく彼の両親も王子の名にあやかったのだろう。

「なんと、そんなことがあったのですか」

「ええ」

「アズフィール様は各所の視察などに熱心だと折に触れて耳にしておりましたが、まさか養老院にまで足を運んでらしたのね。本当にご立派ね」

「三日前はちょうどメイサも養老院に行っていたから、鉢合わせしたんですな。メイサの施術で救われたとおっしゃっていましたが、どこか痛めておられたのですか？」

祖父たちは気さくに話しているが、それでもかなり敬意を払っているのがわかる。

私は社交界からすっかり足が遠のいていたし、同年代の貴族子息や令嬢について疎《うと》い。

……アズフィール様って、どこの家の人なんだろう。

伯爵家の当主であり、現役の内政大臣を務める祖父。なにより現国王の叔母にあたる祖母がこんな丁寧な応対をしているのだから、かなりの名門なんだろうけど。

「まぁ、そんなところです。その時してもらった不思議な施術が気になって、こうして訪ねてきた次第です。そうしたら、出迎えてくれた使用人からちょうど伯爵がメイサ嬢のキュウという施術を受けていると聞き、居ても立ってもいられなくなってしまった。寝室に押しかけた無礼を許してくれ」

「ははは、よほどメイサのキュウを気に入ったと見えますな」

「ええ。メイサ嬢の施術ですっかりよくなって驚いています」

「それはよかったですわ。メイサの施術は本当によく効くんですの。ちなみに私はメイサにしてもらうキレイハリの大ファンですのよ」

祖父と祖母は、せいぜい肩凝り腰痛などを想定して語っている。しかしアズフィール様がサラッと口にした『すっかりよくなって』というのは、生死にかかわる大怪我のことを言っているのだ。

アズフィール様の発言に、ひとり気が気じゃなかった。

「キレイハリ? ほぅ、そんな施術もあるのですね。なにやら、大叔母様の美しさの秘密に触れたような気がしますね」

……え。ちょっと待って? 今、『大叔母様』って言った……?

「あらあら、バレちゃったわね」

コロコロと笑う祖母は、前述の通り王家から降嫁した姫で、現国王の叔母にあたる。

その祖母をそんなふうに呼べる人って……。

「ま、待って! 今、お祖母ちゃんを『大叔母様』って……どういうこと⁉」

「なんだ? もしかして、メイサはアズフィール様の身分を知らなかったのか?」

「あらあら、まぁまぁ。メイサ、アズフィール様はね──」

祖母が朗らかな笑みで口を開く。アズフィール様はそんな祖母の言葉を遮るようにトンッと一歩踏み出して、私との距離を詰めた。

「メイサ嬢」

アズフィール様は改めて私に向き直ると、ハンカチで包んだままの私の左手を戴くようにして、優雅に腰を折った。

まるで王子様みたいな気品あふれるその姿に、ドクンと脈が跳ねる。自分が童話の世界のお姫様にでもなったみたい。とても現実世界の出来事とは思えなくて、心と体がふわふわしていた。

「改めて、その節は世話になった。俺はアズフィール・フォン・エイル。この国の第一王子だ。君がいなければ、俺は今こうしてここにいないだろう。君に救われた、本当にありがとう」

「え？　嘘っ、本物の王子様……⁉」

耳にした瞬間、私は目を真ん丸に見開いて素っ頓狂に叫んでいた。

ふわふわした心地は一瞬で霧散して、代わりに私の心にバリアができあがる。

王子様と親しくなりたい女性は数多く、交流なんてしたら周囲の人に注目され、場合によっては謂《いわ》れなき中傷を受ける可能性だってある。鍼灸のお得意様には貴族の人たちだっているのだ。そんな事態になったらやりにくくなるし、依頼だってなくなってしまうかもしれない。王子様との交流なんて、今世でやっと築いた自由気ままな暮らしが脆《もろ》く崩れるリスクでしかない。

……よしっ！　できるだけあたり障りなく応対して、なんとかこの場だけやり過ごそう！

瞬時に算段する私を、アズフィール様はにこやかに見つめて口を開く。

「黙っていてすまなかった。もっとも、三日前のあの状況ではとても名乗れなかったがな」

「それにしても、どうして王子様が瀕死の大怪我を負って運びこまれるなんてことに……わぷっ！」

言葉の途中でハッとして、慌てて口を閉じる。

あたり障りなくと誓ったそばから、余計な事を言ってしまう自分の迂闊さが憎い。

「え？ 瀕死……？」

不穏な単語を聞きつけた祖父母は、揃って首をかしげる。

「う、ううん！ なんでもない！ 今のはなんでもないの！」

私は慌てて首をブンブンと横に振る。

「ほう？」

なんとか祖父母をごまかせたようでホッとしていたら、私を見上げていたアズフィール様がフッと口もとを緩めた。

え？

その表情に、貴公子然とした先ほどまでの笑顔よりちょっぴり黒いものを感じ、内心で首をかしげる。

次の瞬間、スッと腰を上げたアズフィール様が、さりげなく私の耳もとに顔を寄せてささやく。

「あの時の施術は、君がさっき伯爵にしていたキュウというのとは少し違うね？　もしかして、あれは君にとって秘技なのかな？」

「っ！」

耳朶《じだ》を吐息がかすめる近さでささやかれた内容もさることながら、彼が私に向ける強い眼差しに身震いする。まるで捕食者が獲物を追いつめるみたいな目。しかも、その笑顔の黒さといったら半端ない。

なんと答えたものかと思いあぐねる私を、アズフィール様は強者の余裕を滲ませて見下ろしていた。

「アズフィール様、いつまでもここで立ち話しているのもなんです。下でお茶でもいかがですかな」

祖父から声をかけられたアズフィール様は私から一歩分の距離を取り、爽やかな笑顔で祖父に向き直る。

祖父に向けた笑顔と、さっき私に向けていた真っ黒なそれとの差に戸惑う。

……なに？　私、なにか見間違えた？

うううん、あの身も凍るような黒い笑顔は見間違いなんかじゃない！　アズフィール様は王子様然とした爽やかな仮面の下に、魔王様も真っ青な性悪を隠してる！　とんだ狸だ‼

「すみませんが伯爵、大叔母様、お茶の前に俺もメイサ嬢のキュウを受けたい」

なんですって⁉

ギョッとしてアズフィール様を見る。彼は先ほどの黒さを仮面のうしろに綺麗に隠して微笑んでいる。

「あらあら。それなら、このままここを使っていただいてかまいませんよ。ちょうどおキュウの道具も揃っているんだし、ねぇあなた？」

「い、いや。しかし……」

お、お祖父ちゃん！　私をアズフィール様とふたりにしないで！　お願いだからだめって言ってーっ‼

「伯爵、ご安心ください。扉はもちろん開けたままにしておきますので」

「ふむ。そういうことでしたら」

私は躊躇《ちゅうちょ》を見せる祖父に一縷の望みを託したが、アズフィール様が爽やかな笑顔でねじ伏せてしまった。

……あ、ぁあぁああ――。

みんな、アズフィール様の笑顔に騙《だま》されてる。

「さぁさ、あなた。いつまでも私たちがいたら、お若いふたりのお邪魔よ」

「お、おい」

祖母が祖父の背中を押して部屋を出ていく。

「アズフィール様、私たちは先に下に行ってお茶の用意をしていますね。おキュウが終わったらゆっくりいらして」

「ありがとうございます、大叔母様。キュウが終わったら、すぐ行きますので」

「ふふふっ。ごゆっくり」

ふたりの足音が一階へと遠ざかっていくのを確認し、私はギシギシと軋《きし》む首を巡らせて、魔王様……もとい王子様と対峙した。

なんか、嫌な予感しかないんですけど。……私の平穏無事な暮らし、大丈夫なんだよね？

真っ黒なのにキラキラという、怖すぎるアズフィール様の笑顔を前に、ヒクヒクと頬が引きつった。

第三章　王太子殿下は転生令嬢を囲い込む

メイジーの町で彼女に出会って四日目。俺はついに彼女の屋敷へと足を運んだ。

彼女の身元は、養老院が管理する入館者記録によってわりあい早くに判明した。簡素な装いと市中での出会いから平民だとばかり思っていた彼女が、まさか貴族――それも王家にも所縁《ゆかり》ある高位貴族・ヴェラムンド伯爵の孫だとは想像もしていなかった。

これは俺にとってうれしい誤算で、運命の女神が俺に味方しているとしか思えなかった。この事実を知った時、すぐにでも彼女のもとを訪ねたかったがグッとこらえ、彼女が施した謎の処置について情報を得るべく、国中の医者を調べた。こちらは半ば予想通りで、どんなすご腕の名医でも臓腑を損傷した患者を救命することは極めて困難。いっさいの後遺症なしにとの条件をつければ、医者の十人が十人、不可能だと口を揃えた。やはり、彼女の処置は神にしかなせぬ御業《みわざ》。彼女は女神エイルの祝福を受けてこの世に生まれいでた〝能力者〟に間違いないだろう。

ちなみに、医者らをあたる中で〝ハリ・キュウ〟という耳慣れぬ単語を耳にした。教えてくれた医者自身も人伝ゆえ詳細は知らなかったが、市井の女マッサージ師が発案したヒーリングの技のようだと語った。この段階では情報の少なさもあり、彼女とハリ・キュウという技のつながりに得心するには至らなかった。

そうしてメイジーの町での出会いから三日を経て、俺は待ちに待った彼女との再会を果たしたのだった。

ああ、あの時の彼女だ――。

目にした瞬間に確信した。

ストロベリーブロンドの髪に薔薇色の瞳。小柄でほっそりした体付きに、優美な顔立ちは年齢以上の落ち着きと知性を感じさせる。目の前の女性は、まさにあの日死に際で見た姿そのものだった。飾り気のない簡素な装いが、彼女の清廉な美しさをより際立たせていた。

彼女が赤く燃えた物をその手に掴むのを見て、考えるよりも先に体が動いた。気づいた時には華奢な手首を握り水中に沈めていたが、今回もやはり不快な症状は出なかった。

それ自体は半ば予想通りのこと。しかし、彼女と触れ合っても不快な症状が出ないのはなぜなのか？　ますます彼女のことが知りたくて堪らなくなった。

彼女と過ごす時間欲しさに、キュウという施術を所望した。キュウを受けながら、俺の心は彼女に釘付けになった。

彼女が醸し出すまろやかな空気。耳に心地いい声。施術の際に、さりげなく見せる細かな心配り。彼女の一挙手一投足、そのすべてから目が逸らせない。

俺が褒めると彼女は薔薇色の瞳をやわらかく細め、軽やかに笑う。屈託のないその笑みが俺の心を鷲掴みにする。

彼女だけが俺の胸をときめかす。彼女は俺の唯一で、俺だけの特別。奇跡みたいなこの出会いに、喜び以外の感情を見つけることは困難だった。

彼女は神にしかなせぬ御業をたおやかなその手から紡ぎ、俺の心と体をまろやかに包み込む。彼女は俺の……いいや、俺だけの女神――。俺の妃《きさき》は彼女以外あり得ないと確信した。

片時だって離れることが惜しい。なんとしたって俺の手もとに留め置きたかった。

俺が他者……それも女性に対し、これほどの激情を覚えるなど予想外。綺麗なだけではない劣情は、彼女が教えてくれた初めての感情だった。彼女と出会わなければ、我が身を焼くような焦燥を知らぬまま生涯を終えていたに違いない。

ただし俺が彼女を求めるのは、決して肉欲を満たしたいがためではない。体をつなげるよりももっと、俺には欲しいものがある。

俺だけに微笑んでほしい。俺だけに声を聞かせてほしい。俺だけにその心を寄せてほしい。欲深い俺は、体よりももっと得がたい彼女の心を望んでいるのだ。

強引な自覚はあった。しかし、理性などたやすく凌駕《りょうが》してしまうくらい強く熱い想いが胸を占め、気づけば本能の求めるまま彼女の逃げ道を塞いでいた。

彼女は間違いなく怯えていた。それなのに真正面から挑むように俺を見つめ返してきた。その瞳は輝くように魅力的で――。

『……お願いがあります。あのことは秘密にしておいていただけませんか？』

キュウの終わりに切り出したのは彼女だった。その声は施術中の流れるようなものとは一変し、どこか自信なさげ。縋るような響きだった。

……なるほど。キュウの最中は施術に徹していたか。見事だな。

表面にはおくびにも出さなかったが、ハリ・キュウの施術に対する彼女の真摯な姿勢に感心していた。

『あのこと？』

わかっていながらあえてとぼけてみせる俺は、我ながら意地が悪い。しかし、不満げに眉間に薄く皺を寄せる彼女を見ると、知らず知らずのうちに頬が緩みそうになった。彼女が見せる表情の一つひとつが新鮮で、もっといろんな表情を知りたくて堪らなくなってしまうのだ。

『先日の治療のことです』

『あぁ、その件か』

鷹揚《おうよう》に答える俺に、彼女はたたみかけるように重ねる。

『どうか、秘密にしておいていただけませんか』

『嫌だと言ったら？』

彼女がヒュッと息をのみ、その瞳が陰る。彼女を悲しませるのは本意でなく、慌てて口を開く。

『冗談だ。ただし、交換条件がある』

『え？』

『君の治癒能力は我が国にとって実に得がたいものだ。だから王子である俺がその恩恵をいつでも受けられるよう、専属女官として俺のもとへ来い』

咄嗟に思いついたままを伝えた。声にしてから、体裁としてこの場を取り繕うためとはいえ、もう少しマシな言い分はなかったのか。これ以上彼女を悲しませてどうするんだと、苦い後悔を噛みしめた。

ところが、そんな俺に彼女がよこしたのは予想外の反応だった。なんと彼女はキッと俺を睨《にら》みつけたのだ。

薔薇色の瞳に映る俺の姿を目にして、震えるような歓喜が全身を巡った。

『王子様のご命令であれば私に拒否権はありません。あなたの仰せに従いましょう。ただし、私の施術を望む方のもとには、今まで通り通って施術を続けます。これだけは譲れません』

彼女は吹っ切れた様子で臆せずに宣言した。

過剰にへりくだらない凛とした受け答えが、俺の耳になんとも心地よく響いた。

俺は要求を許可し、その後の流れで彼女に、翌日に身ひとつで王宮にあがってくるよう伝えた。すると、強気だった彼女の態度が、一気に悲しそうなそれへと変わる。

どうやら彼女は、突然の祖父母との別れにうろたえているらしかった。

彼女の健気な姿を目《ま》のあたりにして、俺の胸に募ったのはますますの好感。家族への情に厚く、心優しい彼女に、いとしい以外の感情を見つけることは不可能だった。

……メイサ。いったい君は、どれだけ俺を虜《とりこ》にすれば気が済むんだ。

君の愛が得られるのならば、きっと悪魔に魂だって売れる。君の愛を得るため、どんなことでもしてみせる。

専属女官という名の妃候補として召し上げるのは譲れない。しかし、精いっぱいの譲歩で『望む時はいつでも自宅に戻っていい』と伝えた。

彼女は驚いたように俺を見て、次いではにかみながら小さく『ありがとうございます』と口にした。

彼女が俺から視線を逸らした後も、まばゆい笑みの残像がいつまでも脳裏に残っていた――。


――長い回想から、ゆっくりと意識が今に戻る。

昨日のメイサとの再会から一夜が明けていた。ついに今日、彼女が俺の専属女官として王宮にやって来る。

昨夜は心が高揚し、床についてもなかなか眠りが訪れなかった。結局、途中から眠ることをあきらめたのだが、彼女のことを思い返しながら過ごす夜は、切なくも幸せな時間であった。

壁に掛けられた精緻な金細工が施された時計を見上げる。

約束の刻限までは、まだかなり余裕があったのだが……。

「さて、そろそろ行ってみるか」

メイサを迎え入れるための準備はすでに万端だった。

メイサを出迎えるべく、軽い足取りで自室を後にして玄関に向かった。

＊＊＊

私は普段より幾分洒落《しゃれ》たワンピースに身を包み、鍼灸道具一式と必要最低限の身の回りの物が入った鞄を手に、門扉の奥にそびえ立つ白亜の王宮を見つめていた。

私が立っている正門から王宮の正面玄関までは、直線距離にしておよそ七百メートル。王宮はもちろん、門から続く模様花壇の広い前庭も文句なしに美しい。だけど、どうしたって私の心は晴れない。

「もしかして私、悪夢でも見ているのかしら？」

ポツリとつぶやいてから、緩く首を振る。

……いいや。アズフィール様の脅し文句も、魔王様も裸足で逃げ出す黒すぎる笑顔も、夢幻なんかじゃない。あれは、紛《まご》うことない現実だ。

それにしたって、怪訝なのは祖父母――とくに祖母の態度だ。きっと祖父母は私の王宮行きを反対してくれるに違いない。あわよくば王宮行きを頓挫《とんざ》させてくれるんじゃないかと思っていた。

それがなんで、お祖母ちゃんってば『何事も経験よ。ぜひ行ってみるべきだわ』なんて言って、心配そうなお祖父ちゃんを言い包《くる》めちゃうのよ……。

「ハァ。……なにを言っても無駄だ。お祖母ちゃんって、淑女然としたあの見た目でけっこうな女傑《じょけつ》なんだもの」

昔から祖母が『こう』と言ったら、祖父も私も絶対に逆らえないのだ。仕方ない……。

私は進むのを拒むかのような重たい足と、ともすれば尻尾を巻いて逃げ出してしまいそうになる心を叱咤して、来訪の事由を伝えるべく正門の両端に立つ門番に歩み寄った。

「メイサ」

ところが、私が門番に声をかけるよりも一瞬早く、名前を呼ばれた。声のした方に顔を向けたら、王宮の前庭をこちらに向かって颯爽と歩いてくる青年の姿が、金の格子門越しに見えた。

……うわぁ、アズフィール様だ。

いち女官を出迎えるため、王子様自らやって来たことに驚きが隠せない。予想よりずっと早いラスボスとの対面に、意思とは無関係に私の頬は引きつった。

アズフィール様が門番に指示し、門を開けさせる。

ゆっくりと開いていくのをなんとも言えない思いで見つめていたら、アズフィール様は完全に開ききるのを待たずトンッと大きく踏み出してきて、私の手から鞄を取り上げた。

「えっ？」

咄嗟に理解が追いつかず、キョトンとして立ちつくしていると、アズフィール様は私の鞄を持ったまままくるりと背中を向ける。

「ついてこい。君の部屋に案内する」

背中越しにつっけんどんとも思える言葉を残し、アズフィール様は王宮へと続く歩行路を歩き出してしまう。

「待ってください！　それ、結構重さがあるんです。私、自分で持てますから！」

ハッとして、慌ててアズフィール様の後を追いながら、鞄を取り返そうと両手を伸ばす。

「いい、俺が運ぶ。重いならなおさらだ」

「でも……」

戸惑う私に、アズフィール様が告げる。

「女はただでさえ、歩くのが遅い。その上、重い荷物を引きずってさらにトロトロされては俺がかなわん」

なかなかに傲慢さが滲んだ発言に、つい妙な負けん気を出して言い返してしまう。

「まぁ。『女は』だなんてすべての女性をひとくくりにして、ずいぶんな言い草じゃありませんか。自慢じゃありませんが、私は歩くのはもちろん、走るのだってそこいらの男性より速いんですから。ついでに腕力にも、ちょっと自信があります」

「君は普段からよく走っているのか？」

アズフィール様は一歩分うしろを歩く私を振り返り、静かに尋ねた。

彼の表情は、とくに気を悪くしたふうには見えなかった。けれど内心では、はしたないとあきれてしまったかもしれない。

普通に考えて、貴族令嬢がドタバタと走り回るような無作法はしない。少なくとも男性を前にしてこんなふうに足の速さを誇示したり、腕力をひけらかしたりはしないだろう。

「ええ、一年中大きな鞄を持って市井を駆けて回っています。残念ですが、私はあなたが想像するような深窓の令嬢ではありません。伯爵令嬢とは名ばかりのこんな私を専属女官にしたら、いろいろと大変です」

だから、私を専属女官にするのはやめておいた方がいい……さらにそう続けようとしたのだが。

「望むところだ。これからは俺の専属となり、場所を市井から王宮に変え、存分に駆け回ってくれ。ちなみに俺は君以上に足が速いし、力も強い。だから、この荷物はやはり俺が持つ。それから俺に堅苦しい言葉遣いは無用。敬語は禁止。これは命令だ」

予想外の切り返しと下された謎の命令に、ポカンとして足が止まった。そんな私の様子を見て、アズフィール様はちょっとシニカルにフッと微笑み、前に向き直るとスタスタと行ってしまう。

私が、アズフィール様の想像する女性像とずれているのは瞭然だ。けれど、アズフィール様もまた、私が想像する王子様像とは違うように感じた。『王子様』としか認識していなかったアズフィール様の人となりに、おそれ多くも少し興味を抱いた。

「アズフィール様。その……荷物をありがとう」

私はアズフィール様の隣に並び、素直に礼を告げた。

「……ああ」

アズフィール様は、頭ひとつ分以上高い位置からチラリと私を見下ろして、ぶっきらぼうにうなずく。その頬が朱色に染まっているように見えたのは、きっと大地を明るく照らす陽光の加減だろう。

　こうして並んでみると、改めてアズフィール様の鍛え上げられた長身と、美しい顔立ちに気づかされた。短く整えられた艶のある黒髪は清潔感があり、涼しげなグリーンの瞳と相まってとても爽やかな印象だ。秀でた額にシャープな頬、彫りの深い顔立ちは、一流の芸術家が手がけた精緻な彫刻のようにも見える。

　しばし、彼の美貌に見入った。

「俺の顔になにかついているか？」

　アズフィール様にやや居心地悪そうな様子で問われ、不躾《ぶしつけ》に見つめてしまった無礼を慌てて詫びる。

「ご、ごめんなさい。あんまりにも綺麗だったものだから、ついまじまじと見てしまって」

「綺麗？　俺がか？」

「気を悪くされたなら、本当にごめんなさい」

「べつに気を悪くしたりはしていない。……君の目に俺が綺麗と映るなら、俺はうれしい」

アズフィール様の言葉の途中で、一陣の風が私たちの頬をなでるように吹き抜けていった。たまたまアズフィール様が声を低くしたタイミングに重なってしまい、台詞がうまく聞き取れなかった。

「……えぇっと、『気を悪くしたりはしていない』の続きがよく聞こえなくって。もう一度言ってもらえる？」

「いや。なんでもない」

「そう？」

あきらかになにか言っていたと思うのだが、『なんでもない』と言われてしまえばそれ以上の追及もできず、小さく首をかしげつつ視線を前に向けた。正門から続く広大な前庭を抜けて、白亜の王宮の重厚な正面玄関が目前に迫っていた。

私たちが正面玄関にたどり着くと、左右に整然と列をなす近衛兵《このえへい》が、胸に手をあてて腰を折る。一糸乱れぬ様は壮観で、私はホゥッと息を漏らしながら立ち止まった。

そんな私をよそに、アズフィール様は颯爽と近衛兵の前を通り過ぎる。そうして先に玄関扉をくぐり、私を振り返って鞄を持つのと逆の手をスッと差し出した。

「さぁ」

私がおそるおそる手を重ねたら、キュッと握り込まれた。私の手をすっぽりと包み込んでしまえる大きな手。その逞《たくま》しさと力強さに、意図せずトクンと鼓動が跳ねた。

アズフィール様が、握った手をクイッと引く。

「メイサ、王宮にようこそ」

私はアズフィール様のエスコートで、王宮内へと最初の一歩を踏み出した。

……豪華ね！　それに、なんて広いのかしら！

外観は見たことがあったけれど、王宮の中に入ったのはこれが初めてだ。

一段高くなったエントランスホールの床は白い大理石で輝きを放っている。精緻な彫刻と金の細工が施された半円アーチの下がり壁が奥の大階段まで続き、高い天井では何層にも重なった大きなクリスタルのシャンデリアがキラキラと光を弾いていた。

王宮内は荘厳なその外観に引けを取らず、息をのむほどに豪奢《ごうしゃ》だった。

「君を歓迎するよ」

握ったままの手をクイッと引き寄せられたと思ったら、その指先に口づけられた。

唇が触れたのはほんの一瞬。かすめるようなタッチで触れてすぐに離れていったけれど、指先に残るやわらかな感触と温もりはいつまでも消えなかった。

……なに、今の？　まるでお姫様にでもするみたいな、丁寧で優しいキス……。

のぼせたように、全身が熱を持っていた。

その後はアズフィール様に先導されて大階段を上り、エントランスに勝るとも劣らない絢爛とした内装の二階の廊下を歩く。

王宮は東西に翼棟があるけれど、私が案内されたのはなんと主館。おそれ多くも、アズフィール様や国王夫妻の居室と同じ空間である。

幅七メートル、高さ八メートルはある広い廊下をアズフィール様の背中に続いて進む。廊下に面してざっと見ただけでも三十を超す部屋がありそうだ。

凝った装飾が施された支柱が等間隔に立ち、壁には金細工の燭台と壁付けのシャンデリアが煌《きらめ》く。飾り棚に設置された彫刻もアーチの天井に描かれた絵画も、ため息が出るほどに美しかった。

……すごいわ。なんて豪華なの。

初めての王宮に、私は浮き立っていた。

アズフィール様は、一室の扉の前で足を止めた。扉の近くの飾り棚には、美しく花々が生けられた花瓶が置かれている。

「さぁ、ここが君の部屋だ」

アズフィール様が扉を開き、部屋の中へと通された。大きな窓から陽光がいっぱいに注ぐ明るい室内には、天蓋付きの大きなベッドやドレッサー、応接ソファなどが配されていて、予想以上に広くて豪華だ。それでいながら全体的に女性的で優美な印象の家具で統一され、王宮内のほかの場所は派手やかな印象なのに対して少し趣が違っているように感じる。

なんにせよ、私は一介の女官が使うにはあきらかに分不相応な部屋に驚き、そして気後れした。

「ここが私の部屋……？　嘘でしょう」

「気に入らないか？」

「そんなわけない。でも、こんないい部屋を使わせてもらって本当にいいの？　だって、あんまりにも贅沢だわ」

恐縮する私に、アズフィール様はなぜかホッとした様子を見せた。

「気に入ったならいい。ここは君のための部屋だ。なにか足りない物があれば言え。揃えよう」

「ありがとう。だけど、これ以上はもう十分すぎるわ」

「そうか。荷解きなどもあるだろうから、専属女官の仕事は明日からだ。今日はゆっくり過ごしてくれ」

アズフィール様は鞄をドレッサーの近くまで運んで置き、いたわるようにこんな台詞を残して部屋を出ていった。

部屋にひとりになると、私はへなへなとベッドに座り込んだ。美しい刺繍が施された絹の寝具で整えられたベッドは、ふんわりと包み込むようなやわらかさで沈み込む。目もくらむような豪華な王宮内に与えられた、とびきり素敵なお部屋。もちろん心が躍らないと言ったら嘘になる。けれど、それらへの興奮もかすむくらい、私の心の中はアズフィール様のことでいっぱいだった。全身の不可解な熱も、一向に引いていく気配がなかった。

……おかしいな。私、なんか変だ。

アズフィール様は私の平穏無事な生活を脅《おびや》かすリスクであり、脅威だ。だから専属女官になっても、必要以上に深入りしないつもりでいた。彼の興が冷めて解放される日まで、求められる最低限の役目を機械的にこなしていこうと割り切ってやって来たはずだった。

それなのに、こんなに気になってしまうのはどうしてなのか……。

「とりあえず、アズフィール様も『ゆっくり過ごして』と言ってくれたんだし、ちょっと眠って頭を休めよう」

……うん。こういう時は寝ちゃうに限る。

睡眠は心と体を健やかに保つための万能薬。疲れた心身に、鍼灸にだって負けない治癒回復をもたらしてくれる。

私はさっそく、驚くくらいやわらかでなめらかな感触のシーツにポフンと体を沈め、まぶたを閉じた。

そうすれば、いつも通り眠りはすぐに訪れた。ところが、束の間の夢に現れたのは、なぜかアズフィール様だった。

舞踏会の最中だろうか。アズフィール様は、頬を赤く染め目を輝かせた令嬢たちに囲まれている。彼は口もとに笑みの形を貼りつけてそつのない対応をしているけれど、その瞳はどこまでも冷ややかだ。

その時、広間の扉が開き、ひとりの女性が遅れてやって来た。驚くことに女性は、普段とんと袖を通さない煌《きら》びやかなドレスを身にまとった、私だった。

アズフィール様が令嬢たちとの会話を中断し、首を巡らせて私を見る。

目と目が合った瞬間、アズフィール様の冷めた瞳は一転、萌《も》えるような鮮やかさでキラキラと輝いた。口もとには、つくりものではない自然な笑みが浮かんでいる。

アズフィール様は私の逃げ場を塞いだ策士で、魔王様も真っ青なとんだ腹黒。そうして私が知っている彼の笑顔は、いつだってちょっぴりニヒルな雰囲気が漂っていたはず。

……どうして？　なぜ、私を見てそんなにうれしそうな笑みを浮かべるの？

目にまぶしいほどの彼の笑顔が、私を戸惑わせた。なぜかこの日は、束の間のまどろみの中でも、私の心は終始騒がしいままだった。

王宮にやって来て四日目の朝。

私は櫛《くし》とヘアスプレーを手に、鏡の前に座ったアズフィール様の頭髪を整えていた。

「はい、できたわ。これでどうかしら？」

最後に両サイドの髪をうしろに流して毛流れを作ると、櫛を置き手鏡に持ち替える。手鏡をアズフィール様の後頭部にかざし、前の鏡に映してバックスタイルの仕上がりを確認してもらう。

「ほう、うまいものだな。これなら式典の後で剣戟《けんげき》訓練に誘われても髪が邪魔にならず、スッキリしていい」

アズフィール様は鏡越しに私を見て、満足げにうなずいた。

「よかった。サークレットを着けるには前髪は下ろさない方が見目がいいわ。それに、もしかしたら今日は剣を振るうこともあるかなと思ったんだけれど、正解だったみたいね」

アズフィール様が正午から騎士団の式典に参加するのは、事前にスケジュールを確認し把握していた。式典にはサークレットと呼ばれる金属製の額飾りをつけ、正装して出向くだろうと考えて頭髪をスッキリまとめて整えたのだが、間違っていなかったようだ。ホッと安堵の胸をなで下ろした。

毎朝の頭髪のセットは、専属女官として私が行う役目のひとつ。三回目になるが、これはなかなか慣れない。

アズフィール様は『適当に櫛を通すだけでいい』だなんて言うけれど、役目として行うからにはそんないい加減な真似はできない。とはいえ、美容関係にはとんと疎い私である。その日の公務の予定に応じ、ふさわしいように髪を整えるのは、なかなか骨が折れた。

それに、本音を言うと慣れない理由はもうひとつある。アズフィール様の髪に触れると、妙に胸が騒いで落ち着かなくなるのだ。鍼灸の施術をする時は、頭髪どころでなくもっと密着して直接素肌に触れているというのにおかしな話ではあるが、実際そわそわしてしまうのだから仕方ない。

とにかく、私はこのお役目に毎朝あっぷあっぷしていた。

「俺の公務予定をわざわざ調べていたのか？」

「あたり前じゃない。経緯がどうあれ、私はアズフィール様の専属女官を引き受けたんだから。役目はちゃんと果たさせてもらうわ」

専属女官として私が申しつけられた仕事は、意外にも少なかった。朝アズフィール様を起こし、着替えの手伝いと頭髪のセットをして朝食を共に食べること、就寝前に鍼灸かマッサージいずれかの施術をすること。必ず行うように言われたのはたったこれだけ。ほかには、呼ばれてお茶を一緒に飲んだりするくらいだ。

日中の鍼灸施術のための外出や実家への帰省にはなんら制限がなく、自由だ。

一点だけ首をかしげたのは『敬語は禁止』という謎の命令だが、出会いが出会いだったのでわりと自然になじんでしまった。王子様相手にいいの？と思わなくもないけれど、ほかならぬ彼自身がそう言うので、ふたりきりの時は完全にタメ口である。

「……役目、か」

アズフィール様が低くつぶやく。

「どうかした？」

「いや、なんでもない。ところで、君は今日の午後はどんな予定になっている？」

「えぇっと、お昼は実家に行ってお祖母ちゃんにキレイハリをする予定よ。その後は、二時からなじみの女将さんに鍼の施術を頼まれているわ。たぶん四時くらいまでかかると思う」

どうして急にこんなことを聞いてくるのかしら。いつも日中は自由にさせてもらっていたから、首をかしげながら答えた。

「その後は？」

「その後は、王宮に帰って……あ、いえ。今日は、ちょっと寄りたいところがあるんだったわ」

ブロームの家の工房に頼んでいた鍼がそろそろできあがっているはずだ。受け取りはいつでもいいのだけれど、新しい規格で注文した鍼を早く見たかった。

「ほう。今日の公務は騎士団の式典参加が最後で、俺も四時前には体が空く。ちょうど街の空気を吸いたいと思っていたところだった。その用事は、俺が同行してもかまわないか？」

メイジーの町での一件もあるし、王子様がそうそう庶民に交じっての街歩きなんてしない方がいいのでは……？　喉もとまで出かかったけれど、自分自身が伯爵令嬢でありながら自由に街を歩き回っており、言えば藪蛇《やぶへび》になりそうな気がしてのみ込んだ。

「それはかまわないけれど……」

「よし、決まりだ。なじみの女将というのは、君が定期的に通っている南通りにある小間物屋の女将だろう？　四時に店の前で落ち合おう」

王子様って、こんなにフットワークが軽くていいのかしら？

かつて祖父母に連れられて嫌々出向いた社交界で、幾人かの貴公子と会話したことがある。彼らは皆、貴族という身分を誇りとし、平民を下に見ていた。市井に下りて民と交流するなど論外だろう。ちなみに彼らは、使用人たちへの対応も横柄だった。そんな彼らとは、どうしても話題が合わなかったっけ。

けれど、アズフィール様にはその傲慢さがない。アズフィール様は決して下品ではないのに、私が知るどんな貴族男性よりも寛容で柔軟だ。最も高貴な生まれのアズフィール様の方が話が通じてしまうという、この不思議……。

「わかったわ。終わったらお店の方に回るわね」

……あら？　そういえば、どうしてアズフィール様は私が『なじみの女将さん』と言っただけで、行き先が小間物屋だとわかったのかしら……。いえ、なにかのついでに話したのかもしれないわね。

食事時、アズフィール様はなにが楽しいのか、日常のことや鍼灸のことをいろいろと尋ねてくるのだ。

「朝食にしよう」

「ええ」

そもそも、冷静に考えると専属女官が主《あるじ》である王子様と毎朝一緒に朝食を取るというのも、おかしなお役目だ。だけど、執事長のアルバートさんをはじめ、王宮内で働くほかの女官や侍従らがこれを訝る様子はなく、食堂に行けばあたり前のように私の席が用意されている。

……うぅーん。不思議に感じるけど、専属女官ってこういうものなのかしらね。

鏡の前から立ち上がったアズフィール様に促され、並んで食堂に向かいながら、私は内心で首をひねるのだった。


午後四時、女将さんの施術を終えて母屋を出た。小間物屋の店先に回ると、すでにアズフィール様がいて、女性客らに交ざって商品を眺めている。

周囲の女性客らが頬を染めながら、チラチラとアズフィール様を見ていた。

どこかで着替えたのだろう。アズフィール様は、メイジーの町で出会った時と同じ質素な装いに身を包んでいた。けれど滲み出る気品は隠しきれておらず、非の打ちどころのない容姿と相まってかなり目立つ。

ちなみに、ぐるりと周囲を見回す限り、護衛らしき人影は見あたらない。どうやら今回もまいてきたらしい。

その時。アズフィール様にひと際熱い視線を送っていた女性客が突然彼の前に飛び出して、腕を取ろうと手を伸ばす。

アズフィール様は女性の指先が触れる直前でヒラリと体をかわし、貼りつけたような笑顔でひと言ふた言告げて女性に背中を向ける。

そのままアズフィール様は、女性と対角の方向に移動した。

アズフィール様は穏やかな態度こそ崩していなかったけれど、私にはなんとなく彼が不快そうに見えた。すっかり声をかけるタイミングを逃してしまい、遠巻きに様子をうかがっていたら――。

「メイサ」

アズフィール様がパッとこちらを向き、私の名前を呼ぶ。つられて周囲の女性客もこぞって私の方を向いた。

「なんだ。来ていたのなら声をかけてくれればよかったのに」

アズフィール様は周囲の視線など物ともせず、颯爽と歩み寄る。

「え、ええ。今来たところよ。さぁ、暗くなる前に行きましょう」

「ん？」

女性客たちからの突き刺さるような視線に耐えきれず、私はアズフィール様の腕を取り、引っ張るようにして店前を後にする。

私が腕に手を掛けた瞬間、アズフィール様は驚いたように目を見開き、ついでスッと細くした。

……やばい。怒ったかな？

突然腕を引っ張られたら、そりゃあ誰だって不快に感じるだろう。なによりアズフィール様は、さっき別の人が近づいた時、笑顔の下であきらかに不快そうにしていた。もしかすると他人に触れられるのが嫌いなのかもしれない。

「ごめんなさい」

通りに出ると、パッと手を離し、肩を縮めて謝罪した。

夕方のメインストリートは、多くの人たちが行き交い賑わっている。

「なんのことだ？」

アズフィール様は離れていく私の手を目線で追いながら、怪訝そうに首をかしげた。

「馴れ馴れしく腕を取ってしまって。その、早くあそこから離れたかったものだから、つい……不躾にごめんなさい」

あわあわと言葉を重ねる私に、アズフィール様は合点した様子でうなずく。

「なにが不躾なものか」

「あっ⁉」

突然、アズフィール様が大きく一歩踏み出したかと思ったら、私の手を取って自分の腕にかけさせた。ついでにアズフィール様は、あたり前のように鞄を取り上げて、つないだ腕と逆の手で持った。

「混んでいるからな。むしろ、こうしておいた方がはぐれなくていい」

「……そ、そうね。ありがとう」

自分から腕を取った時はなんともなかったのに、アズフィール様に同じ行動を取られたら、妙にドキドキして落ち着かなさを覚えた。

私とアズフィール様は、西日でオレンジに照らされた夕方の街を、寄り添って歩きだした。

＊＊＊

俺がメイサとの待ち合わせ場所の小間物屋に到着した時、店内の掛け時計は三時四十分を示していた。

……護衛をまいたり着替えたり、いろいろしてきたわりには早く着いたな。

見るともなしに店内を眺める。商品棚には、王都中心部に軒を連ねる貴族御用達《ごようたし》の高級店とはまた違った趣深い品々が並んでいた。ふと、髪留めが展示された棚の前で足を止めた。

メイサは肩下まであるストロベリーブロンドの髪を、いつもうしろでひとつに結んでいる。緩くウェーブした豊かな髪は、下ろせばきっとかわいらしいだろうに。もったいなく感じた俺は、メイサに『なぜ髪を下ろさないのか』と尋ねた。彼女から返ってきた答えは、施術をするのに衛生面や安全性からそうしていると、こうだった。

納得すると共に、彼女の鍼灸にかける思いの強さを垣間見た気がした。不思議なことに、それ以降はキチンとまとめられた髪がもったいないどころか、逆に彼女の清楚な美しさを際立たせているように感じている。

……ほう。花の形の木彫りか、洒落ているな。

多く並んだ髪留めのひとつに目を留めた。ダークウォルナットの落ち着いた色味の木彫り細工の髪飾りは、彼女の髪によく映えそうだ。

そっと手に取って眺める。小さな細工ながら角も丁寧に面が取られており、表面の感触がとてもなめらかだった。これなら、どこかに引っかかったりもしないだろうし、施術の邪魔にはならない。

店主に会計を頼み、買った髪飾りをシャツのポケットに入れた。

メイサは喜んでくれるだろうか。これを受け取った彼女が、うれしそうに笑ってくれたらいい。

メイサを呼び寄せてからというもの、無機質だった俺の日常は一変した。乾いた日々の暮らしが、メイサというたったひとりの少女によって鮮やかに色づいた。彼女がそばにいるだけで毎日が楽しくて、公務で難しい局面に立っている時ですら俺の心は豊かだ。

王宮にいる間はできるだけ時間を共にできるよう取り計らっていた。彼女が俺と同じ物を見て笑い、同じ物を食べて感動を共有し、同じ時間を過ごす。俺の人生において、こんなにも心満たされた時はない。しかし充足する心と比例して、浅ましい欲もまた尽きなかった。

いつか彼女の気持ちが俺に向き、同じだけの想いを共有できたなら……。切なくメイサを想いながら、ポケットの微かな膨らみをそっとひとなでして腕を下ろした。

そのまましばらく店内のほかの品を眺めていたら、突然客の女に腕を取られそうになった。難なくその手をかわし、努めて温和に、しかし濁すことなく端的に拒絶を告げた。こういう場面はさして珍しくもなかったが、やはりわずらわしいには違いない。

そうして女から距離を取ってひと息吐き出したところで、ふいに目線を感じて顔を向けた。

「メイサ」

俺が呼びかけたら、メイサはなぜか急いだ様子で、俺の腕を取って速足で店を出た。

突然腕を取られたことに、驚きとそれを上回る喜びが胸にあふれだす。少し進んだところで、メイサがハッとしたように腕を解いてしまうのが、ひどく寂しかった。

俺は街の混雑を大義名分にし、今度は自分から彼女の手を取る。メイサと並んで通りを歩きながら、この時間が永遠に続いたらいいのにと思っていた。

そんな俺の思いをよそに、メイサは慣れた様子で街路を進み、工房と思しき建物の前で足を止めた。

……針磨工房、なるほどな。

工房横に掲げられた看板を見て、俺はメイサの目的を知った。

「ごめんくださーい」

メイサが工房の中に向かって声を張る。いくらもせず、ニコニコと感じのよい笑みを浮かべた青年が顔を出した。

「やぁ、メイサ。待っていたよ」

ん？　この男……以前どこかで会ったことがあるな。

くりくりした赤毛と少し垂れた目が印象的な青年に、見覚えがあるような気がした。

さて、どこでだったか……。

男の方も俺に視線を留めると、ハッと目を見張った。

「ブローム、久しぶりね。……って、どうかした？」

……ブローム？　そうだ、幼い頃に樹林公園で洞に閉じ込められていた俺を助けてくれた金髪の少年。その少年と一緒にいたのが、こんな赤毛をした少年だったはず。たしか『ブローム』と呼ばれていたのではなかったか。

この青年は、あの時の少年のひとりか……！

メイサの呼びかけで思い出した。

樹林公園での出会いは、今も色あせない幼少期の大切な記憶だ。しかし、俺の心により強い印象を残したのは金髪の少年であり、成長による面変わりもあって、目の前の青年をすぐにあの時の赤毛の少年と結びつけるには至らなかった。

「……いや。君がここに男性と腕を組んでやって来るなんて、思ってもみなかったから少し驚いてしまったよ。そちらの男性は、メイサの恋人？」

おそらくブロームも、俺に気づいたはずだ。ところが懐かしく当時を思い出す俺とは対照的に、彼の表情は心なしか曇っていた。

「や、やだっ！　通りが混んでいたから、はぐれないように組んでいただけなのよ。彼は今お仕事で関わっている人で、決してそういうんじゃないの！」

メイサはブロームからの問いかけを即座に否定し、パッと手を解く。

照れているにしたって、あまりにつれない彼女の態度が切ない。ハァッと小さく息つく俺を、なぜかブロームが観察するようにジッと見つめていた。

「メイサは鍼を受け取りに来たんだよね。実を言うと、今回は要望が細かかったから、見習い中の身には少し荷が重かったんだ。だから仕上げ処理は父さんにやってもらっている。奥にいるから、取り扱いの説明は父さんに聞いてもらえるかな？」

「わかったわ」

メイサがパタパタと奥に消えると、工房の前には俺とブロームのふたりが残った。

「久しぶりだな。俺は十年前に樹林公園で君と君の友人に助けられ、その後は共に目を皿のようにして植物を探して回った者だ。覚えているか？」

「もちろん覚えているよ。まさか、樹林公園に忍び込んで遊ぶなんて猛者《もさ》が僕たちのほかにいようとは思ってもみなかったから、あの時はとても驚いたよ」

「それは俺だって同じだ。……ところで、あの時一緒だったもうひとりの少年は今、どうしている？」

ブロームが少し驚いた顔をした後に、なぜか長い間があった。

「元気にしているよ」

「そうか」

「それにしても、メイサはずいぶんとあなたに気を許しているようだ。彼女はこれまで、貴族社会とはとことん距離を置いていた。だから、まさかメイサが貴族……それも、あなたはきっと並みの貴族など足もとにも及ばない身分だ。そんな身分ある男性と親しくなろうとは夢にも思わなかった」

さすがに王子とまでは思っていないだろうが、ブロームは簡素な装いに身を包んだ俺の身元を的確に言いあてた。……なるほど。メイサが長じても親しくしているだけのことはある。観察眼の鋭い、賢い男だ。

……あるいは、メイサは少なからずこの男に心を寄せているのだろうか？

想像すれば、憤怒が胸にこだまする。

「……君は、メイサのことを？」

意図せず口をついて出た俺の声は、唸《うな》るように低かった。

俺はあえて『どう思っている』とは口にしなかったが、尋ねるまでもなくブロームの目はメイサを想う男のそれだ。

ブロームは真っすぐに俺を見据え、自嘲気味にフッと微笑む。

「嫌だな、突然なにを言い出すのかと思えば。市井に交じり、気さくに庶民と交流を重ねていても、メイサは高位貴族の令嬢だ。僕には遠い、とても遠い……。彼女を手にしようなど考えたこともない」

ブロームにとって最大の枷《かせ》が身分。逆に言えば、身分という障壁があって、俺はこの男とメイサを争わずに済む……。

メイサをほかの男と取り合うなどさらさらごめんだ。それなのに、なぜか素直に喜べなかった。

返答に窮する俺に、ブロームは続ける。

「かと言って、僕の目の前でメイサをほかの男に奪われてしまうのは癪《しゃく》だからね。申し訳ないけど、僕は敵に塩は送らない」

後半の台詞の真意が、俺には今ひとつわからなかった。

「ブローム、おじさんから受け取ったわ。細さも長さも見事よ！　鋮柄の形状も指にしっくりなじんで扱いやすい！　しかもおじさんは、ほとんどブロームが仕上げたと言っていたわ。あなた、素晴らしい腕じゃない！」

そうこうしているうちに、注文の品を受け取ったメイサが満面の笑みを浮かべて駆けてくる。

俺たちは揃ってメイサへと視線を向けた。

「僕には過分な評価だ。でも、ありがとう。君の役に立ててよかった」

「それからね、おじさんにお代を支払おうとしたら、もらっているっていうのよ。それって、ブロームが代金を立て替えてくれたのよね？　私、いくらお支払いすればいいかしら？」

「今回の代金はいらないよ。僕から君にプレゼントだ。難しい依頼をしてもらったおかげで勉強になったからね、そのお礼だよ」

「とんでもない、もらえないわ！」

ふたりのやり取りを苦い思いで聞いていた。

「プレゼントは、これが最初で最後だ。次からはちゃんと商売させてもらうから、今回の鍼だけはもらっておいてほしい」

「……んー、わかった。それじゃあ、今回はお言葉に甘えさせてもらうわ。私が鍼の施術を行えてるのは、あなたの協力があってこそよ。ブローム、どうかこれからもよろしくね。素晴らしい鍼をありがとう！」

「またいつでも待ってるよ」

「ええ！　またお願いしに来るわね。……あ、おじさまにもお暇《いとま》のご挨拶をしてくるわね」

メイサは工房の奥で作業するブロームの父親に帰りの挨拶をしに行く。

「鍼の提供によって、彼女を支えていきたい。これが僕の望みだ」

ブロームはメイサのうしろ姿を眺めながら、ポツリと口にした。

「メイサにとって大切なハリ・キュウに生涯携わりたいというわけか。熱心なものだ」

「安心していい、僕は恋敵にはなり得ない。だからといって僕に取り入ったりしても無駄だよ」

「……とんだ食わせ者もいたものだ」

この男、あるいは職人よりも、謀略を巡らす国政の場、とくに駆け引きの求められる外交などで活躍できる人材なのではないか。

「ははは！」

俺が苦々しくこぼしたら、ブロームは声をあげて笑った。

「あら！　ふたりとも、笑い声なんかあげちゃって。すっかり仲良しね」

「「仲良しじゃない（よ）」」

戻ってきたメイサに茶化されて反論したら、驚くことにピッタリとブロームの声に重なった。

「やだ、ふたりとも息もぴったりじゃないの！」

コロコロと笑い声をあげるメイサを共に目を細くして見つめながら、不思議とブロームの存在をわずらわしいとは感じなくなっていた。なんとなくだが、ブロームはいずれ鍼の提供にとどまらず、メイサのよき理解者、協力者となるのではないかという予感がする。

メイサを迎え入れるにあたり、少なからず彼女の身辺について調べた。

彼女の戸籍は、父親の欄が空白になっている。ヴェラムンド伯爵のひとり娘だったメイサの母親も、彼女を生んで間もなく鬼籍に入った。なのでメイサは、祖父母のヴェラムンド伯爵夫妻に育てられている。

頭の古い貴族らは今も必要以上に血を重んじるから、父親不明のメイサは名門の令嬢でありながらやや難しい立場にあった。俺自身はそれを彼女を妃にする障壁とは思っていないし、仮にメイサを軽んじる者がいれば俺の持ち得るすべての力でもってねじ伏せる。

ここでの論点はそれではなく、そんな状況に置かれた彼女には、社交界で気を許せる友が少ないのだ。

国王である父は真摯に国政を進めているが、脇を固めるのは身分が高いという理由だけで代々その地位に就く無能者ばかり。今国がうまくいっていても、いずれ有事の際にはおのれの利だけを考えて国民に苦渋の思いをさせるような為政者しかいないのではないか。そう思えてならない。

いずれ、才ある平民が国政の場に進出する時代がくる。もしかしたらその時、ブロームの台頭があるやもしれんな。

「それじゃあね、ブローム。さようなら」

「さようなら、メイサ」

「君とはまた会うこともあるだろう。またな」

ブロームはヒョイと肩をすくめ、これには答えなかった。

「メイサ、君はいい友を持ったな」

メイサとふたり、工房を背に並んで歩きながら自然とこんな言葉が出た。

「ええ。本当に」

メイサはブロームからのプレゼントを胸に抱き、うれしそうに答えた。

王宮への帰路、俺は何度か胸ポケットに手を伸ばしかけたのだが、そのたびになんとなくタイミングが掴めないまま、おずおずと手を下げた。

結局、この日は最後まで渡すことができなかった。

第四章　転生令嬢が夜会の主役⁉

アズフィール様の専属女官として王宮にやって来て一週間が経った。

——コン、コン。

「アズフィール様、おはようございます」

私の役目は、毎朝アズフィール様を起こすことから始まる。とはいえ、私が起こしに行くと、アズフィール様はすでに起きている日がほとんど。たいていこのタイミングで中から『どうぞ』と返事があった。

……あら、珍しい。返事がないわ。

どうやらまだ眠っているらしい。

「失礼します」

ひと声かけて、扉を開く。

アズフィール様の寝室は、私が与えられた部屋の隣だった。室内は私の部屋よりも少し広く、壁や支柱の細部こそ職人の技がいきた凝った趣向になっているが、必要最低限の家具しか置かれておらず質素だった。

アズフィール様は王子でありながら、日頃から贅を好まず、その暮らしぶりは慎ましやかだ。

窓辺に置かれたベッドに歩いていくと、掛布が人形《ひとがた》に盛り上がっていた。

……そういえば、昨日は舞踏会が開かれていたんだったわね。いつも行っている夜の施術も昨日はお休みだった。きっとアズフィール様が眠りについたのは未明になってからだったのだろう。

本音を言えばもっと寝かせておいてあげたかったが、今日は陛下が定期的に行っている朝の謁見にアズフィール様も同席する予定になっていた。

やむなく、背中を向けて横たわるアズフィール様に呼びかける。

「アズ――」

「やめろ！」

私とピッタリ同じタイミングで、アズフィール様が大きな声をあげた。

「えっ？」

ビクンと肩が跳ねる。アズフィール様が私を拒絶しているのかと思い、怯《ひる》んで一歩うしろに下がった。

すると背中を向けていたアズフィール様がゴロンと寝返り、仰向けに体勢を変えた。

……あ、目をつむっている。これって、寝ぼけているんだわ。それにしたって、ひどい寝汗……。

どうやらアズフィール様は、夢の中でなにかにうなされているようだった。

「爪が痛い……」

爪？　アズフィール様は苦しげに呻き、首のあたりをしきりにかきむしる。普段の彼からは想像できないほど、追いつめられている様子だ。

……なに？　アズフィール様はいったいなににこうも怯えているの？

「苦しいっ、……イザベラ姉上、やめてくれっ——」

鬼気迫ったアズフィール様の声を耳にして、咄嗟に首をかく彼の手を握った。

「アズフィール様、大丈夫よ！　誰もあなたを傷つけない。私がいるわ！」

グッと両手で包み込んで告げる。直後、アズフィール様は私の手をギュッと握り返し、パチッと目を開いた。

「……あぁ。メイサか、おはよう」

アズフィール様は私に視線を留めると、安心したようにこわばっていた表情をフッと緩ませた。

「おはようございます、アズフィール様。あの、ひどくうなされていたけど……」

「うなされて……？　あぁ、そうだったのか。どうりで体が重いわけだ」

どうやら、自分が夢にうなされていたことを覚えていないようだ。

アズフィール様は緩慢に半身を起こし、首を回す。彼の首には、指でかいた痕が薄っすらと赤く線になって残っていた。

「アズフィール様、あまり時間がないけれど、簡単に体をほぐすわね。そのままうしろを向けるかしら」

「ああ、助かる」

アズフィール様はベッドサイドに立つ私に背中を向けて、胡坐《あぐら》で座った。私は肩から首、背中にかけて指圧マッサージでほぐし始める。

「いい気持ちだ」

「よかった」

……さっき、アズフィール様は『イザベラ姉上、やめてくれ』と叫んでいた。アズフィール様には四人の姉王女がいる。一番上の王女の名がイザベラ様だったはずだ。

「ねぇアズフィール様、たしか王宮には一番上のお姉様が残っておられるのよね」

私は極力さりげなさを装って、話題を振る。

「あぁ」

「お姉様とは仲がいいの？」

「べつに普通だが……なぜそんなことを？」

「いえ。私にはきょうだいがいないから、どんなふうなのかしらって」

アズフィール様は少し考えるようにして口を開いた。

「ふむ。幼い頃は遊んでもらったが、姉が成人を迎えて以降は王家の行事を除けば、正直ほとんど交流がない。とはいえ、性別も異なる姉弟など、王家にかかわらずどこの家でもこういうものだろう」

「そうかもしれないわね」

これでいったん、イザベラ様についての話題は終わりになった。

……私の考えすぎかしらね。たまたま変な夢を見ていただけかもしれないし。

「ありがとう、メイサ。だいぶ体が軽くなった」

「よかった。それじゃあ、着替えて頭髪のセットをしちゃいましょう」

その後は、いつも通り身支度を済ませたアズフィール様と食堂に向かった。

「おはようございます。アズフィール様、メイサ様」

食堂に着くと、執事長のアルバートさんが丁寧に腰を折って迎えてくれる。

「おはよう」

「おはようございます、アルバートさん」

なぜかアルバートさんは、挨拶した最初の日から私のことを様付けで呼ぶ。呼び捨てでかまわないと何度も伝えたけれど、アルバートさんは『とんでもない』と首を横に振るばかりで、絶対に受け入れてくれない。

アルバートさんの丁寧な応対を見るにつけ、アズフィール様の専属女官というのが王宮内でこうも優遇される役目だったのかと実感する。いち女官の延長としか考えていなかった私はいまだに慣れず、毎回気後れしてしまう。

食卓にはすでにふたり分のカトラリーが隣り合って並べられており、私が席に行くと給仕係が慣れた様子で椅子を引いてくれる。

「本日は、陛下の朝の謁見に同席いただく予定になっております。八時半に謁見の間にお越しください。その後は――」

アルバートさんはいつも通り、この後の公務予定などをアズフィール様と確認していく。

「あぁ、わかった」

「それでは、私はこれで失礼いたします」

確認が終わり、アルバートさんは丁寧な礼を取って退出していく。

アルバートさんがいなくなるとすぐに給仕係がやって来て、温かな湯気を立てる出来立ての料理を並べてくれる。

「後は俺たちでやる。下がっていい」

「かしこまりました」

ひと通り料理が並ぶと、アズフィール様は食堂に控える給仕係を早々に下がらせてしまう。そうして毎度慣れた手つきで自らトングを手に取って尋ねる。

「メイサ、パンはどれにする」

「そうね、クロワッサンをいただくわ」

「よし」

アズフィール様はパン籠《かご》から焼きたてのクロワッサンを掴み、私のお皿にのせてくれる。自分の皿にも、私と同じクロワッサンを選んでのせた。

「ありがとう」

本来、その役目は私がするべきだと思うのだが、アズフィール様は何度言っても絶対にトングを渡してくれない。そのため、私は最初の朝食からずっと、アズフィール様にパンやら飲み物やらを甲斐甲斐しく世話されてしまっていた。

アズフィール様いわく、『俺がやりたい』らしいけれど……。

「温かいうちに食べよう」

「ええ。いただきます」

……うぅーん。それにしたって、専属女官がお世話されるっていうのもなんだか変よね。

バターが香ばしいオムレツを頬張りながら、内心でなにかがおかしいと首をひねる。

実は、アズフィール様が独自にそう呼んでいるだけで、〝専属女官〟というのは正式な役職として存在しないそうだ。王宮内で、専属女官という役職名で務めているのは私ひとりだけらしい。これをアルバートさんから初めて聞かされた時は驚いた。

もっとも、王妃様にはどこに行くにも必ず伴う気に入りの女官がいるし、イザベラ様も気に入りの護衛騎士を常にそばに置いていると聞く。なんだかんだでアズフィール様も、私のことを気に入ってくれているのかしら……。

……いいえ、それは違うわね。

最初の時、アズフィール様は私の能力に対し『我が国にとって実に得がたい』と言った。彼は私の治癒チートを知り、己のもとに置いておきたいがために、専属女官という存在もしない役職名で囲い込んだだけ。彼が欲しいのは私の能力であり、私自身をどうこうという話ではない。

「浮かない顔をしてどうした。食事が口に合わんか？」

アズフィール様に声をかけられて、ぼんやりと考え事をしていた私はハッとした。

「とんでもない。シェフのオムレツは文句なしに絶品よ。もちろん、焼きたてのクロワッサンもサクサクでとってもおいしいわ」

慌てて答え、右手に持っていたクロワッサンをパクリと口にした。

事実、王宮シェフの料理はほっぺたが落っこちてしまうおいしさ。頬張っていると、自ずと笑みが浮かぶ。

「そうか」

そんな私の様子を見て、アズフィール様は満足そうにうなずいた。

「……メイサ、ひとつ頼んでもいいだろうか」

粗方食べ終えたタイミングで、アズフィール様が遠慮がちに切り出した。

「なにかしら？」

「今晩もまた夜会がある。若者の交流のための、カジュアルな立食形式の会だ。俺のパートナーとして、そこに参加してもらいたい」

まさかの申し出に、アズフィール様を見つめたままパチパチと目を瞬く。

「連夜、令嬢らに囲まれて楽しくもない会話や食事をするのは苦行だ。とくに昨夜は踊りたくもないダンスをずいぶんと踊らされ、正直こたえていてな」

アズフィール様は苦笑して続けた。

……なるほど。アズフィール様は私を令嬢除《よ》けにしたいのだ。

たしかに、あんな悪夢にうなされるほどなのだ。アズフィール様は昨日の舞踏会でひどく消耗したのだろう。それが連日となれば、たしかに心身共にキツイだろう。

王宮で一週間を過ごし、なんとなくわかっていた。……アズフィール様はたぶん、女性があまり得意じゃない。アズフィール様自身『踊りたくもないダンス』と表現していたが、とくに女性との接触が苦手のようだ。

私はつい先日、アズフィール様が軍務大臣のお嬢さんから差し入れを受け取る場面をたまたま目にしている。彼女の手が腕に触れた瞬間、アズフィール様のポーカーフェイスは崩れなかったけれど、まとう空気がピリッと張りつめたように感じた。

以前、一緒にブロームの針磨工房に行った時もそうだった。待ち合わせした小間物屋で、彼は女性客から伸ばされた腕を不快そうにかわしていたのだ。

……なんにせよ、鍼灸やら頭髪のセットやらでアズフィール様に触りまくっている上、令嬢除けとして用命されるくらいだ。私がアズフィール様に女性としてカウントされていないのは間違いない。

「わかった。そういうことなら協力するわ。その代わり、社交の場での気の利いた会話やダンスは期待しないでちょうだい」

少し迷ったけれど、アズフィール様が疲れているのは間違いなく、私は参加の旨を伝えた。

「そうか、行ってくれるか！　夜会の開始は六時半だ。都合は大丈夫か？」

「ええ。今日は、午後から産院に行く予定になっているの。数人が産後のケアに鍼灸を希望しているんだけど、おそらく夕方には終わるから開始に間に合うと思うわ」

「ドレスやアクセサリー、身の回りの品は心配ない。すべてこちらで揃えて夕方には部屋に運ばせておく」

アズフィール様の声は、心なしか弾んで聞こえた。

「ありがとう、助かるわ」

「では俺は先に行かせてもらうが、君はお茶でも飲んでゆっくりしていってくれ」

「ありがとう。いってらっしゃい」

足早に食堂を出ていくアズフィール様の背中を見送って、ふと、謁見の開始まではまだずいぶんと余裕があることに気づく。

なんでこんなに早く行ってしまったんだろう。アズフィール様も、お茶を飲んでから行けばよかったのに。

「あっ！　もしかして、ドレスの手配……!?」

突然大きな声を出した私に、すぐ横でお茶を用意してくれていた給仕係がビクンと肩を揺らした。私は慌てて謝罪して居住まいを正したけれど、これに思い至れば、ひとり優雅にお茶を飲んでいるのが忍びなくなった。結局、一杯だけお茶をいただいて早々に食堂を後にした。

私が食堂を出て、中庭に面した廊下を歩いていると、地面に片膝をついて花壇を覗き込む初老の男性の姿が見えた。

簡素なシャツとズボン姿で、近くにはじょうろが置いてある。きっと彼は庭師で、花壇の花に水やりをしていたのだろう。

使用人たちの屋外作業は八時半からだったはずだけど、早くから熱心ね。それにしたって彼、あんなに花に顔を寄せて。もしかして、虫でもくっついているのを見つけちゃったのかしら？

そのまま通り過ぎようとして、ふいに男性の様子がおかしいことに気づく。

……違う！　男性は花を見ているんじゃない！

男性は片手を腰にあて、花壇に突っ伏すようにうずくまっている。私はダッと駆け出して、中庭に続く扉を開けた。

「どうされました⁉　大丈夫ですか⁉」

駆け寄って尋ねると、男性は私を見上げ、わずかに目を見開く。

「いやいや、これは情けないところを見られてしまったな」

男性は少し気まずそうに告げた。

「そんなことありません。それより、どこがおつらいのですか？」

「ふむ。屈んだら、腰がグキッといってしまってな」

「歩けますか？　もし歩くのが難しいようであれば、人を呼んできます」

「やめてくれ！　……いや、声を大きくしてすまない。だが、そんなに大事にせんでいい。痛みもだいぶ和らいできた。もちろん自分で歩ける」

私の問いに男性はなぜかひどく慌てた様子で答え、膝に片手を突いて支えにし、立ち上がろうとする。

「私の肩に掴まってください」

男性に肩を貸し、立ち上がるのをサポートした。

男性は立ち上がる時、一瞬苦痛に顔をゆがめたけれど、その後はゆっくりであれば自力での歩行ができた。

「お嬢さん、世話をかけさせたな。だが、もう大丈夫だ。行ってくれてかまわん」

「まさか、このままお仕事を続けるつもりですか!?」

「もちろんだ。この後の予定に穴を開けるわけにはいかん」

強い口調で言いきられた。交代の人員がいないのなら、続きの水やりは私が代わりに行ってもよかったのだが、男性は絶対に聞き入れてくれなそうだ。

「では、私に少しだけ時間をいただけませんか？　私の処置で、多少なりとも痛みを軽減できるかもしれません」

喉まで出かかった水やり交代の案をグッとのみ込んで、私は違う提案をした。

実は、急な腰痛に鍼の施術は効果的だ。

「ほぅ……。あまり悠長にはしていられんが、三十分なら時間を取ろう」

男性の声は、この状況をどこか楽しんでいるような、おもしろがっているような、そんな響きだった。

ともあれ、事前と事後のカウンセリングなどを省略すれば、許された三十分でギリギリ施術が行える。

「ありがとうございます。では、廊下の角を曲がって一番手前の客間のベッドに、腰が見えるようシャツを脱いでうつ伏せに寝て待っていてください。私も三分後に合流します！」

「なっ⁉」

私の指示に男性は戸惑った声をあげていたが、私はかまわず鍼灸道具を取りに自室に向かって駆け出した。もしかしたら不審がって逃げてしまうかもしれないが……まぁ、その時はその時だ。

しかし、心配は杞憂だった。私が鍼灸道具一式を手に客間に駆け込むと、男性は指示通りシャツを脱いでうつ伏せになり、掛布を被って待っていた。

「お待たせしました。さっそく施術を始めていきます」

手早く準備を整えた私は、言うが早いか人さし指ほどの長さの鍼を取り上げる。それを横目に見た男性は、ギョッとしたように目を丸くした。

「やめろ！　なんだそれは！」

事前情報なく、いきなり特注仕様の長い鍼を見たのだから、男性の反応も致し方ない。普段なら恐怖心を取り去るよう丁寧な説明とカウンセリングを重ね、同意を得てから施術に入るのだが……うん。時間が限られた今はやむなし。お叱りも不平不満も、後でしっかり受け止めよう！

「大丈夫！　騙されたと思って任せてください！」

私はニッコリ微笑んで、腰が引け引けの男性――実際は腰痛のために腰を引くどころかわずかな身じろぎすらできていないのだが――に、流れるような速さで鍼を打つ。

「やめろやめろ――ん？　痛くないな」

男性の悲痛な叫びは一瞬で途切れ、次いでポカンとしたつぶやきが漏れた。見ると男性はキョトンとした顔で首をかしげている。

「これは私が特別に作らせた、鍼の施術専用のものです。先の方は胴部分よりもさらに細くなっていて、刺す時の痛みはほとんどありません。もちろん刺す深さも十分に心得ています」

「ほう」

「それでも痛みがあったり、万が一中止の希望があったりすれば、遠慮なく言ってください」

「うむ」

これ以降、私が鍼を増やしていっても、男性はくつろいだ様子で顔を伏せたまま実に静かなものだった。

当然、中止を希望してくることもなかった。私はホッとしながら、施術に意識を集中させた。

三十分後。

「嘘だろう。痛みがなくなっている……！」

施術を終えた男性は、狐につままれたような顔で口にした。

効果は個人差が大きいのだが、男性にはかなり効きがよかったらしい。彼の反応に、私は安堵の胸をなで下ろした。

「よかったです」

無理を言って時間を取ってもらった自覚があったし、なにより説明を割愛して強引に施術に入ってしまった負い目もあった。効きが今ひとつでは申し訳が立たないと思っていたから、本当にひと安心だ。

「おっと、こうしてはいられん。この礼は必ず改めてさせてもらう。すまんが私は先に行かせてもらうよ」

「私が好きで施術させてもらったんですから、お礼なんていりません。庭師のお仕事、がんばってくださいね」

「ん、庭いじりは単に……いや、なんでもない」

着衣を整えた男性はなにか言いかけたけれど、フッと口もとを綻ばせて首を横に振った。そのまま男性は慌ただしく礼を言い残し、客間を出ていく。

「世話になった、ではな」

「お大事に」

男性の足取りはしゃんとして、とてもさっきまで腰痛でうずくまっていた人とは思えなかった。

……ふふっ、すっかりよくなったようね。

男性を見送り、私も鍼の片付けを済ませて客間を後にした。

夕方。私は王都の街を全力疾走していた。

……すっかり遅くなっちゃったわ！

庭師の男性の施術を終えた後、午前中に実家に顔を出し、午後は予定通り産院に向かった。すると、事前にケアの要望を受けていた妊産婦さん以外にも、複数人が私の施術を希望して列を成していた。

なんとか希望する全員の施術を終え、王宮前を通る乗合馬車に飛び乗った。これならギリギリ夜会の開始時間に間に合いそうだと安堵したのも束の間、発車直後に御者が操縦を誤って車輪を側溝にはめてしまったのだ。年若い御者は青くなっていたが、怪我人が出なかったのは不幸中の幸いだった。

もっとも、これによって大幅な時間ロスを食った揚げ句、次の馬車まで間があったため、泣く泣く王宮まで走ることを選んだ。

そうして現在、私は五キロ以上の道のりを息せき切って走っている。

「ギュァ」

……ん？　ドラゴンの鳴き声が聞こえ、空を見上げると――。

「アポロン！」

アズフィール様のドラゴン、アポロンが私の頭上を旋回していた。

王宮に来た翌日、私はアズフィール様からアポロンを紹介された。通常ドラゴンは己の主以外にはなかなか心を開かないのだが、なぜかアポロンは初対面から私にとても好意的だった。

「もしかして、私を捜しに来てくれたの？」

「ギュァ」

アポロンは同意するようにいなないた。

どうやら、なかなか戻ってこない私を心配したアズフィール様が、アポロンを迎えによこしてくれたらしい。

ドラゴンは大きいから、王都などの都市部ではドラゴンが離発着したり待機したりする場所――転生前に生きていた日本で言うところのヘリポートみたいなイメージだ――が設けられている。賢いアポロンは、すでに一番近い着陸場所に向かうべく、龍首を定めていた。

当然、ドラゴンへの乗降はそこで行うのが基本だけど……。

「アポロン、着陸場所には行かなくて大丈夫！　そのまま尾っぽを下に垂らしてちょうだい」

着陸場所は、来た道を少し戻らないといけない。今はちょっとのタイムロスも惜しく、アポロンに向かって叫ぶ。

幼い頃、祖父の目を盗んでよくジジを乗り回していた。ドラゴン舎に行ってお行儀よく背中にまたがっていたのでは、祖父にバレてしまう。だから内緒でジジを乗り回す時は、もっぱらおやつのニンジンでジジを二階まで釣り、自室のベランダから乗降を行っていた。

ジジにホバリングしてもらい、ぶら下げた尾っぽを掴んでよじ登り、背中まで乗り上がるのはお手の物だった。降りる時もまたしかり。さすがに長じてからはこんなお転婆な行動はご無沙汰していたが、今でもきっとなせばなる！

私の要請に、アポロンは一瞬ギョッとしたように目を見開いたけれど、すぐに高度を下げて尾っぽを垂らしてくれた。

「ありがとう！」

ワシッと尾っぽの先を掴み、ズリズリとよじ登っていく。

片手に鞄を抱えていたせいで少し難儀したが、ズリ落ちないようにアポロンが尾っぽに角度をつけてフォローしてくれたおかげで、無事背中にまたがることができた。

「ありがとうね、アポロン。後でお礼に、とびきり新鮮なニンジンを届けてあげるわ」

「ギュァ？」

怪訝そうな声を聞くに、もしかするとニンジンはジジだけの好物かもしれないと思った。

アポロンは私がしっかり掴まったのを確認し、王宮に向かって飛んだ。

身支度を整えて大広間の前に到着すると、中から楽団が奏でる音楽と人々が談笑する声が漏れ聞こえてくる。

……やっぱり、もう始まってしまっている。

アポロンが王宮までひとっ飛びしてくれたおかげで、もしかしたら夜会の開始に間に合うかもしれないと思ったのだが、慣れないメイクと髪のセットに手こずったのが悪かった。

普段、化粧をせず髪もひとつ結びで過ごしており、盛装は苦手中の苦手だった。とはいえ今日の夜会にはアズフィール様のパートナーとして参加するのだ。彼に恥をかせるわけにはいかない。奮闘の結果、なんとか体裁は整えられたと思うけど……。

なんにせよ、先にひとりで入場させてしまって、アズフィール様には申し訳なかったわ。

横で控えていた侍従が、私に気づくと一瞬だけハッを目を見開いた。なんだろう？　そう思ったけれど、侍従はすぐにスッと表情を引きしめて、重厚な扉に手をかけながら告げる。

「メイサ様、どうぞこちらから中へ。アズフィール様がお待ちでございます」

どうやら侍従は、アズフィール様から私のことを言づかっていたようだ。

「ありがとう」

礼を伝え、会場内へと踏み出した。

私が入場した直後に、扉の近くであがっていた談笑の声がやむ。さらに皆の視線が、なぜか私に集中している。

……えっ？　遅れてくるのって、そんなに無作法だったのかしら？

居た堪れなくなった私は、やっぱり戻ろうかと踵を返しかけた。

「メイサ！」

会場の奥から響いた呼び声に、パッと目線を向ける。

「アズフィール様……！」

多くの令嬢たちに囲まれたアズフィール様が、私を見つめていた。彼は驚きと喜びが入り混じったような表情を浮かべている。

アズフィール様は令嬢らをその場に残し、真っすぐにこちらに向かって足を踏み出す。私もまた、ドレスの裾をさばいてアズフィール様に歩み寄る。

アズフィール様を囲んでいた令嬢たちが、不満げに眉を寄せて私を睨みつける。刺々しい視線が肌に痛いほどだが、アズフィール様が私をパートナーに用命したそもその目的が令嬢たち除けなのだから、逃げ出すわけにもいかない。

意識的に彼女たちを視界の外に追いやり、一歩分の距離に迫ったアズフィール様に真っ先に謝罪を告げる。

「開始に間に合わなくてごめんなさい。わざわざアポロンまでよこしてもらったのに」

アズフィール様はトンッと一歩分の距離を詰め、私の正面に立った。すると、令嬢たちの突き刺すような眼差しが、ちょうどよくアズフィール様の背中に隠れた。

もしかして、わざと遮ってくれた？

「なに、君のことだ。施術を求める者たちを無下にできなかったのだろう？　こうして来てくれたのだから、それでいい」

「アズフィール様……」

責めるどころか理解ある言葉をかけてくれて、胸がジンッと温かくなった。

「だが、遅れたペナルティは受けてもらわねばならんな」

「えぇっ!?」

感動し、アズフィール様を見直しかけていたところに投下された爆弾発言に、ビクンと肩を跳ねさせる。

「ダンスタイムになったら俺と踊ってもらうぞ」

「私、ろくすっぽ踊れません……」

唖然としつつ、引きつる唇で答える。

「なに、君は俺に身を委ねてくれているだけでいい。……こんなに美しい花が壁際を彩っているだけなど、それこそ罪だ」

台詞の後半で、アズフィール様は私の耳もとに顔を近づけた。そうして大きな手をスッと伸ばしたかと思ったら、私の前肩に緩くかかる髪をひと房取り上げてそっと唇を寄せた。

神経が通らないはずの髪なのに、アズフィール様の触れた部分がなぜかとても熱い。額も頬も、のぼせたみたいに熱を持って火照っていた。

真っ赤になって立ち尽くす私に、アズフィール様はさらに言葉を続ける。

「ハーフアップがとても似合っている。ドレスも君の白い肌によく映えている。今日の君は、女神のように美しい」

ひぇぇぇ〜っっ！

すぎる賛辞に、肩を縮めてうつむく。

「さすがにそれは褒めすぎです……っ」

「なぜだ？　会場中の男たちが……いや、全員が君に見惚れているのに気づいていないのか？　今日この場所で、最も輝いているのは君だ。……君が、今夜の主役だ」

きっと、こんなふうに女性を称賛するのがエスコートする上でのマナーなのだろう。

しかし社交の場に疎い私は、パートナーの男性が相手の女性をこうも褒めたたえるものだとは知らなかった。正直、あっぷあっぷだ。

そんな私の様子を見て、アズフィール様はフッと微笑む。

「まずは喉を潤そうか」

「ええ」

アズフィール様は飲み物を配って回っていた給仕を呼び止めると二杯受け取って、そのうちの一杯を私に渡してくれた。

受け取ると、精緻なカットの施されたクリスタルグラスの中で、淡い金色をした液体がキラキラと光を弾けさせている。

「綺麗ね。これはなに？」

手の中の飲み物は、これまで目にしたことのない物だった。

発泡していてほんのりお酒のような雰囲気がある。もしかすると社交界など特別な場で振る舞われるものなのだろうか。

「果実発酵水だ。グルーペを発酵させて作られている」

グルーペは白ブドウに似たこの世界のフルーツだ。香り高く濃厚な味わいが特徴で、希少性が高い。

「そう、グルーペから作られているのね。こんなに綺麗な飲み物は初めてよ。なんだ

げた。

「飲んでごらん。君の舌に現実のおいしさを伝えてくれる」

うっとりと漏らす私に、アズフィール様がグラスを掲げながら告げた。

「ええ。いただきます」

私もグラスを掲げ、そしてふたり同時にグラスをあおいだ。

ゆっくり含むと、繊細な風味が口内を満たし、シュワシュワと心地よい刺激を残してスゥッと喉に消えていく。嚥下《えんか》して顔を上げたら、アズフィール様が優美に微笑んで私を見下ろしていた。

トクンと鼓動が跳ね、体温が上がったのを感じた。

喉を通っていった芳醇な味わいは、たしかに現実のもの。けれど、夜会の中心で正装した美貌の王子様とグラスを傾けるこの瞬間は、やはり夢のようだと思った。

少しふわふわとした心地のまま、アズフィール様と共に美食に舌鼓を打ったり、音楽に耳を傾けたりしながら、夜会の夜は更けていった。

＊＊＊

薄化粧を施し、豊かなストロベリーブロンドの髪を肩に垂らして、俺が送ったグリーンのドレスに身を包んだメイサは、会場内の誰よりも美しく目立っていた。ところが、会場中がその美貌に見惚れていることに、当の本人はまるで無頓着。そんなところが、なんともメイサらしかった。

……あぁ、こんなに楽しい夜は初めてだ。

俺は美しいメイサを独占し、夜会の夜を謳歌する。

まずは飲み物で喉を潤し、楽団の奏でる音楽をＢＧＭに、軽く料理をつまみながら彼女と談笑する。

彼女は新たな料理を口に運ぶたび幸せそうに頬を緩ませ、俺の話に瞳を輝かせ、時にはそっとまぶたを閉じて楽曲に聞き入る。

メイサはまるで、宝箱のよう。彼女の見せる表情の一つひとつ、仕草の一つひとつのすべてが俺にとってキラキラとまばゆい宝物だ。

胸の中でメイサへの愛が限りなく膨らんでいく。いとしい想いに際限はないのだと、そんな新しい発見をしながら、至福の時を過ごした。

周囲の参加者たちは、俺たちの話に加わりたそうにチラチラとこちらをうかがっていたが、あえて気づかないふりをした。

本来、夜会などの席でほかの参加者と交流せず、同じパートナーとずっと固まっているのはあまりスマートではない。だが今日の夜会は開催の経緯からして、礼を欠いた非常識な事由によるものなのだからかまいはしない。

今回の夜会は軍務大臣が己の娘と俺を引き合わせたいがため、国王である父に半ば無理やり実現させたものだった。国境の小競り合いを未然に収束させた軍務大臣から、受勲式の場で『若い者たちだけで気軽に交流できる機会をつくっていただきたい』と強く言われ、父としても開催しないわけにはいかなかったのだろう。

なんにせよ、俺は狸のように狡猾《こうかつ》な大臣も、見た目ばかりゴテゴテと飾り立てた奴の娘のカミラもごめんだ。カミラは図々しい性格で、なにを勘違いしているのか、自分を俺の妃候補の最有力とでも思っているらしい。なにかにつけて擦り寄ってきては、猫なで声をあげながら不躾に腕や肩にしな垂れかかってくる。

以前、真っ赤に塗った長い爪をした指先で首筋のあたりに触れられた時は、普段女性との接触で発症する呼吸苦や動悸、鳥肌にとどまらない圧倒的な苦痛が俺を襲った。反射的に飛び退いて、気づいた時には腰の剣に手をかけていた。

なけなしの理性で衝動を抑え、極力さりげなく剣から手を離した。心配をよそに、カミラは俺の挙動をとくに訝る様子もなく、ひとりでペラペラと話し続けていた。あの時ばかりは、カミラの愚鈍さに救われた。

……だが、ひとつ不可解なこともある。

俺にとって、メイサ以外の女との接触はこの上なく不愉快で不快なもの。だからと言って、それらの症状は物心ついてからずっと付き合っているもので、理性で耐える術は身についていたはずなのだ。

反射的に剣にまで手を伸ばしたのは、後にも先にもあれが初めて。彼女の手があまりにグロテスクで、不快で耐え難かったのだ……そう。なぜかあの指先――長い爪に塗られたどぎついほどの赤が……っ、クソッ！　思い返すのもいまいましい！　虫唾《むしず》が走る‼

俺は緩く首を振り、メイサとの幸福な時間に割り込んで脳内を侵食するまがまがしいほどの赤色を振り払った。

「アズフィール様、どうかした？」

「いや、なんでもない」

その時、楽団の奏でる音楽がいったんやんだ。

わずかな小休止を挟み、この後、歓談と立食を楽しんでいた会場はダンスタイムに切り替わる。

「ダンスタイムが始まるな。踊ろう」

俺は持っていた皿を給仕に渡し、メイサの手を取った。

「あっ」

メイサの手を引いて会場の中央に移動すると、向かい合わせになって彼女の腰に右手をあてる。クイッと引き寄せて体を密着させたら、メイサは頬を赤く染め、戸惑った様子を見せた。

いつもの凛とした彼女とは違う初々しい姿がなんとも言えず新鮮で、気持ちが高揚する。

「大丈夫。俺に合わせていればいい」

左手でグッと彼女の右手を握り、頭ひとつ分以上低い位置にある耳もとに唇を寄せてささやいた。

「え、ええ」

照明が少し落とされて、音楽が始まる。初めは不安そうにしていたメイサだったが、じきにコツを掴んだようで、リラックスした表情になった。

……なるほど。たしかにダンスの経験自体はほとんどないのだろう。しかし、メイサはもともとの身体能力の高さに加え、優れたリズム感覚を持っているらしい。

メイサはすぐに俺のリードに合わせ、自然とステップが踏めるようになっていた。

「その調子だ」

メイサと踊るダンスタイムはまさに至上の時。

まさか俺が、こんなふうに女性とダンスを楽しむ日がこようとは……いや、違う。

『女性と』というのは正しくない。

メイサだけが特別で、メイサとだからこんなにも楽しいと思えるのだ。

なぜメイサだけは触れても問題ないのか。何度となく繰り返してきたこの疑問の答えは、きっと神のみぞ知るところ。

ただひとつ言えるのは、特別な能力を持っているメイサは間違いなくエイル神の祝福と加護を受けている。だからほかの女性に対して現れる症状が、メイサには出ないのだろうが……いや。事の真偽はもはやどうでもいい。

この瞬間に、こうして彼女を腕に抱きしめていられることに、限りない喜びと充足を感じていた。

「メイサ、最後はターンでフィニッシュだ」

「えっ？」

メイサに声をかけ、クイッと手を引く。メイサがドレスの裾をふわりとはためかせて綺麗にターンを決めるのと同時に、楽曲がやんだ。

「上手だ！」

メイサの背中を抱き寄せて告げる。

「もうっ、急にひどいわ。こっちはダンス初心者なのよ」

メイサは俺を見上げ、不満げにぷぅっと唇を尖らせた。自然体なその表情が愛らしく、自ずと頬が緩む。

「なに、君はとても筋がいい。自信を持っていいぞ」

「もう。調子がいいんだから」

メイサとふたりでいったんホールの端に移り、軽く喉を潤した。

そうして次の曲の始まりを前に、改めてメイサに向かって手を差し伸べた。

「さぁメイサ、もう一曲踊ろう」

「お待ちになって！」

ここで俺とメイサの間に割り入ってくる女がいた。あろうことか、その女はメイサに向かって差し出した俺の手を掴み、無礼にも引き寄せてくるではないか。

掴まれた手を原発として、不快な身体症状が全身を襲う。加えて、突然の無作法への怒りが胸に燃え上がった。

「……カミラ、何用だ？」

カミラの手を振り払い、低く問いただす。

「今宵は、我が父が陛下に開催を願い、実現された夜会ですのよ。それなのに、こうも私を蔑《ないがし》ろにして、アズフィール様は父の顔をつぶすおつもりですの？　次は私と踊ってくださいませ！」

憤慨を隠そうともせず、カミラは声高に持論を展開し、揚げ句俺に次のダンスを要求してきた。

大きな声のせいで、会場内の視線を集めてしまっている。さらに漂う不穏な雰囲気は会場内に伝染し、先ほどまでの居心地のよさが嘘のように、ヒリつく嫌な空気が充満していた。

彼女の言い分は到底聞き入れられないが、周囲の参加者を思えば一曲踊ってやってカミラのうるさい口を塞ぎ、穏便に遠ざけた方が賢明だ。頭ではわかっているが、あまりにふてぶてしいカミラの主張が腹立たしく、こんな女と踊らねばならないと思うと吐き気がした。

……だめだ。今夜はこの女を目に映すのもいまいましい。

内心の激情を隠し、努めて淡泊な口調でカミラに告げる。

「夜会開催の経緯は当然把握している。だが、君と踊らないからといって、どうしてそれが君を蔑ろにしているなどということになる。誰と踊るかは、すべて自由意志だ。俺はパートナーを同伴している。彼女以外とは――」

踊らない、そう続けようとしたのだが、横から肩をポンッと叩かれて振り向いた。

「アズフィール様、踊ってきてください。私、実はまだ少し息があがってしまっていて。ここで整えていますから」

メイサはサイドテーブルにいったん置いたグラスを再び取り上げて、そんなふうに口にした。

「だが」

「さっき言った通り、ダンスは初心者なんです。もう少し、休憩させてください」

メイサはふわりと微笑んで、グラスを持つのと逆の手で、鼓舞するようにトンッと俺の背中を押す。やわらかなその瞳が、まるで『今はこらえて、がんばっていってらっしゃい』とでも言っているようで、彼女には俺の心の内まですべて見透かされているような気すらした。

文字通り彼女に背中を押され、カミラへと向き直る。その直後、カミラが俺の脇にいたメイサに向かって、「馬鹿にして……っ！」と勢いよく食ってかかった。

「なにが名門ヴェラムンド伯爵家の令嬢よ！　あんたのこと、みんなが陰で噂《うわさ》してるわ。尻軽のあんたの母親がどこの馬の骨とも知れない男との間につくった私生児だって！　よくも平然とこんな場所に顔を出せたものだわ！」

……ふざけるなっ‼

俺はメイサへの侮辱に憤怒し、両の拳を握りしめて口を開きかけた。しかし、声を発する直前でメイサが俺の上着の裾をそっと引っ張り、冷静に制する。

「それって、なにかいけない？　私の戸籍の父の欄はたしかに空白よ。あなたの言うところの『私生児』という表現にもあてはまる。でも、数年前の法改正で、女性にも家督相続が認められるようになった今、私は王国法に基づく正式なヴェラムンド伯爵家の嫡子だわ。もし私が社交の場に参加するのになにか差し障りがあるなら、教えてちょうだい」

メイサは怒るでもなく、整然と問いかけた。その圧倒的な気品と存在感に、会場中が息をのむ。メイサには卑屈さがいっさいなく、どこまでも気高く、透き通るように高潔だった。

凛とした彼女の横顔に、俺はさっきまでの怒りも忘れ、ただただ見惚れた。

「よくも開き直って、この恥知らず！　お父様に言いつけてやるんだから……！」

カミラは真っ赤な顔でわなわなと唇を震わせて叫び、逃げるように駆けていく。

彼女の捨て台詞が、シンッと静まり返った会場内にむなしく響く。この場で今、最も恥知らずなのは誰か……そんなのは誰の目にも火を見るよりあきらか。カミラはそのまま、バタバタと会場を出ていった。

「皆、騒がせてしまってすまなかった。夜会の続きを楽しんでくれ」

会場内に向けて告げ、楽団に円舞曲の開始を指示した。

楽団が音楽を奏でだすと各々ダンスを再開し、それに伴ってピリピリした周囲の雰囲気は徐々に落ち着き、和やかな夜会の夜が戻ってくる。

「メイサ、嫌な思いをさせてしまい、本当にすまない」

俺はその曲でのダンスを見送り、メイサに向き直って詫びを伝えた。

メイサは緩く首を振って微笑んだ。

「謝らないで。アズフィール様のせいじゃないわ。それに私、彼女の言葉にちっとも傷ついていないのよ」

あんな侮辱の言葉を投げつけられて傷つかないなど、そんなわけがあるか……。

喉まで出かかった言葉をのみ込んだ俺を見て、メイサが続ける。

「ふふっ、信じられないって顔ね。……ねぇ、アズフィール様。私はね、母が世間に許されない祝福されない関係でもかまわないと思えるくらい、私の父である男性を深く愛し、その愛を貫いて子までなしたのだとしたらうらやましいの。人生は一度きりよ。人生でそんなにも誰かを深く愛せたなら、なんて幸せなことだろう。母の人生は短かったけれど、きっと幸せな一生を送れたのだわ。そう思うと、うれしくもある」

落とした照明の下でそう言って微笑むメイサは、なんともいえず儚《はかな》げで、今にも消えてしまうんじゃないかと恐怖した。

反射的にメイサの手を取って、両手で包み込むようにして口を開いた。

「俺は嫌だ」

メイサの手は細いのに、ふわりとやわらかで温かい。触れた部分から、カミラに触られて染みついた穢《けが》れが落ちていくような不思議な心地がした。

「え?」

「もちろん、君の母上の覚悟を持った強い愛を否定しない。だが俺は、やはり愛する人と最期まで添い遂げたい。愛した記憶だけでは、残る人生を生きてゆけそうにない」

気づけば、心の内をそのまま声にしていた。

メイサはパチパチを目を瞬いて俺を見つめる。

「驚いたわ。正直、アズフィール様はもっとクールな人なのかと思っていた」

「暑苦しい男だと、幻滅したか？」

「いいえ。血の通った熱い心を持ったあなたが治めるエイル神聖王国の未来は、きっと素晴らしいものになる。治世者というのは時に非情な決断が必要なのかもしれないけれど、いち国民としてはやっぱり、熱い血の通った王様が治める国がいいわ」

にこやかにメイサが告げた。

「治世者として、か」

メイサにとって俺はまだ、一度きりの人生を熱く燃え上がらせるような恋の相手にはなり得ない……。突きつけられた現実に、胸がツキリと痛んだ。

一方で、新たな決意も浮かぶ。今はまだ、愛には遠いかもしれない。しかし、いつか必ず振り向かせてみせる。俺のことを最愛の相手と、自覚させてみせる。一度きりの人生を、俺はメイサとの相愛に生きるのだ——！

「どうかした？」

「いいや、なんでもない。さぁ、次がラストダンスだ。一緒に踊ってくれるね？」

「ええ」

彼女とふたり手に手を取って会場の中央に戻り、スローテンポなワルツに合わせてひらひらと舞う。

広い会場内がメイサと俺のふたりきりになったような気分だった。光の粉を振りまくように、メイサはどこまでも優美だった。そんな彼女を間近に見つめ、時に体を密着させて互いの体温を感じながら踊る。

彼女は夜会の初めにグラスの中で弾ける気泡を眺めながら『夢でも見ているみたい』だと口にしたが、俺自身この瞬間が彼女の言葉通りひと時の夢のように思えた。

しかし、夢のように幸せなこの時間は、決して泡沫の夢ではない。これは彼女と共に過ごす幸福な人生のほんの序章。俺の腕の中で軽やかにステップを踏むメイサを眺めながら、至福のラストダンスに酔いしれた。

第五章　王太子殿下の「紹介したい人」って……？

夜会から一週間が経った。

「いってらっしゃい」

いつも通りアズフィール様と一緒に朝食を取り、食堂から公務に向かう彼を見送る。

「ああ、いってくる」

アズフィール様は一週間後に十八歳の誕生日を控えて、少し忙しそうだった。

エイル神聖王国では十八歳で成人となる。第一王子であるアズフィール様は、同じ日に正式な王太子であることを国内外に宣明するお披露目の儀式——立太子の礼を行う。立太子の礼は、各国の要人らも多く招き、大々的に催される。その準備などで、アズフィール様はもとより、王宮内も忙《せわ》しなさを増していた。

アズフィール様の背中が廊下の角に消えると、玄関に向かって歩き出す。だが、目的は外出ではない。

今日は珍しく、鍼灸の施術の予定が一件も入っていなかった。ならば実家に顔を出そうかと思えば、祖父は終日の仕事。祖母は友人宅にお呼ばれだそうで、こちらも不発に終わっていた。

「でも、たまにはこういう日もいいわね。王宮に来てからなんだかんだでずっと慌ただしくしていたもの。ゆっくり庭を散策するのは初めてだわ」

エイル神聖王国の王宮周辺は、王都のど真ん中にありながらとても緑豊かだ。国立研究所が所有し、王宮裏地に接する十ヘクタールもの樹林公園はその筆頭だが、王宮も門から続く前庭と、私が先日腰を痛めた男性を発見した中庭とは別にもうひとつ、東側に整備された広い庭を所有していた。

こちらは中庭の五倍ほどの広さがあり、石畳の小道で萌《も》ゆる緑がまぶしい木々の中を散策できるようになっている。さらに庭の途中には東屋《あずまや》や噴水のほか、一万株が咲き誇るバラ園まで備わっているのだ。

「よーし、バラの見頃にはまだ少し早いけど、バラ園にも寄って蕾《つぼみ》だけでも見てこよう」

玄関を出た私は、意気揚々と王宮東側の庭に向かった。

朝の澄んだ空気の中、景色を楽しみながらゆっくりと小道を進む。

しばらく歩いたら、前方にかわいらしい緑のトンネルを見つけた。十メートルほどの長さのトンネルは、バラの蔓《つる》が伝ったアーチを等間隔に立てて作られていた。

わぁ、かわいい！　あそこからバラ園に続いているんだわ！

私は足を速め、バラ園の入口となるトンネルへと踏み出した。

ぐるりと見回すと、アーチを伝うバラはいくつもの蕾をつけている。今はまだ固く閉ざされたこの蕾がいっせいに花開いたら、どんなにか美しいだろう。

開花したら、絶対にまた見に来なくっちゃ。そうだわ、アズフィール様も誘ってみようかしら。

そんなことを考えながら、トンネルの下をくぐっていく。

あら？　誰か先客がいるみたい。こんなに早くから見学者かしら。

間もなくトンネルを抜けようかというところで、園内から聞こえてくる話し声に気づき、目線を向ける。蔓の隙間から覗く園内に男女連れの姿を認めた。

王宮内や庭を含めた付属施設は王族や従業者のほか、謁見などで訪れた者も許可を得て見学が可能だ。

ふたりは真剣そのものの様子で何事か話し込んでいる。なんとなく、爽やかな朝には似つかわしくないよどんだ空気を感じ、無意識のまま踏み出しかけた足を止め、息を詰めてふたりの様子をうかがった。

「今朝方、崩落した石を撤去中の現場から私のもとに、火薬が見つかったとの一報が入ってまいりました。いずれ町を管轄する警邏部隊から、王宮にも正式な報告があがってくるかもしれません」

……今、火薬って言った？

耳にした物騒な単語に、眉間に皺が寄る。

「なんですって⁉　し損ねたばかりか、そんな物を残していたの⁉　火薬は成分を分析するとおおよその産地を特定できるそうじゃない。万が一にもそこから足がついたりはしないのでしょうね⁉」

女性は口もとに手を寄せて、苛立たしげに爪を噛む。遠目にもわかる、まがまがしいほどの赤さの長い爪にドキリとした。

それなりの距離があり、ふたりの会話は全部が全部聞こえているわけじゃない。しかし、断片的に聞こえてくる単語や全体的なニュアンスから、不穏な様子が伝わってくる。

「ご心配には及びません。火薬は市井で最も多く流通している廉価品。そこから我らに捜査の手が及ぶことはまずありません。万が一、王宮筋から耳にした時に驚かれぬよう、こうして事前にお伝えさせていただいたにすぎません」

「もう、脅かさないでちょうだい。とにかく、これ以上のしくじりは許さない！　私にはもう時間がないの。次こそ方《かた》をつけるのよ！　でないと、私にはもう……っ」

女性は肩を怒らせて、唇をわななかせた。

……しくじり？　時間がない？　いったい、ふたりはなんの話をしているの？

「イザベラ様、私がすべてよいようにいたします」

えっ⁉　……あの女性が第一王女のイザベラ様⁉

目の前の女性がアズフィール様のお姉様だと知り、胸が奇妙にざわめく。それがどんな感情に起因するものなのかはわからないが、猛烈な違和感を覚えていた。

瞳の色や整った顔の造作など、見た目の特徴で言えば、ふたりはたしかに似ている。しかし、この姉弟が肩寄せ合って並んでいるところがまったく想像できなかった。

本音を言うと、イザベラ様に抱いた第一印象はよくなかった。あくまで私が受けた印象だが、その爪と同様にイザベラ様はどこかまがまがしかった。

「ありがとう、セルジュ。あなただけが頼りよ」

イザベラ様は銀髪碧眼の美貌の騎士――セルジュを見上げ、少女めいた無垢《むく》な笑みを浮かべる。そうして真っ赤に塗られた指先を伸ばし、そっと彼の頬に触れる。

ふたりは視線を絡ませて、どちらからともなくしっとりと唇を寄せ合った。

ゴクリと生唾をのみ、ふたりの逢瀬からスッと視線を逸らす。見てはいけないものを見てしまった気まずさから、逃げるように踵を返した。

私は一週間前にアズフィール様の寝言を聞いてから、ずっとイザベラ様のことが心の片隅に引っかかっていた。アズフィール様の反応があっさりしたものだったから、気の回しすぎだろうといったんはのみ込んだが……。

足音を忍ばせてトンネルを引き返しながら、背筋にぞくりとした薄ら寒さを感じていた。

……まるで、イザベラ様は魔女のようだ。

前世の日本では、年齢不詳の女性に対しても用いられた言葉だが、イザベラ様も例外ではない。アズフィール様の十歳上、今年二十八歳のイザベラ様には、純粋無垢と老獪《ろうかい》さを内包した不気味さがあった。

……だけど、イザベラ様以上にもっと不気味なのはセルジュかもしれない。

三百六十度どこから見ても包容力と優しさにあふれる騎士にしか見えない彼が、私にはどうしてか恐ろしく感じた。

その後はバラ園を迂回《うかい》して散策を続けたけれど、美しい庭の風景にいまひとつ集中しきれない。結局、当初の予定よりだいぶ早く王宮へと戻ったのだった。

その日の晩。

「アズフィール様、熱くない？」

「あぁ、問題ない」

私は就寝前のアズフィール様の肩にお灸を据えていた。

アズフィール様は当初の言葉通り、毎晩私に鍼灸かマッサージいずれかの施術を所望してくる。とはいえ年若い上に、武芸に秀でた彼の体は隙なく鍛え上げられて屈強。突出した凝りや張りの所見は見られない。

それなのにこうして夜の貴重な空き時間を使って毎晩施術を受け、体の維持管理に余念のないアズフィール様の姿勢に、私はいつも感心させられている。

……さすがは次期国王になる立場の人、些細な体の変化にも敏感なんだわ。

私としてはそんな彼の心に少しでも沿えるよう、全力で務めるのみだ。

「珍しくお疲れね」

そのアズフィール様の肩が、今日は少し張っていた。

「まったくだ。父上がいきなり大量の政務書類を送りつけてきてな。堪ったものではない」

どうやら国王陛下は、来週、王太子として正式に国内外に宣明するのを前に、移譲可能な政務を徐々にアズフィール様に任せようとしているらしかった。

「それだけ期待されているのよ」

「どうだかな。父上も、あれでなかなかの狸だ。身代わりを立てて、王宮から姿をくらましたことは一度や二度ではない。これを機に、体《てい》よく俺に政務を押しつけようという魂胆が透けて見えるぞ」

陛下を絵姿や記念コインの彫刻でしか知らないが、宝冠とマントをつけ、王笏《おうしゃく》と呼ばれる黄金の杖を手にした姿は威風あふれる絶対王者だ。アズフィール様が口にした『体よく政務を押しつけよう』などという軽いイメージとは、なかなか結びつかなかった。

「ふふふっ、なんだか想像できないわ。っていうか、アズフィール様のお忍び癖は、まさかのお父様譲りだったのね」

「……べつに、父から譲り受けたつもりはないがな」

私の指摘に、アズフィール様はちょっと痛いところを突かれたという感じで、苦笑した。

「ポポが燃えきったみたいだわ。どう、もう一壮据える？」

「いや、もう十分だ」

「オッケー。それじゃあ、はずしましょう」

アズフィール様は私の声を受け、私は燃えたポポを台座ごと取り去っていく。

アズフィール様は私の手もとをジーッと見つめて口を開いた。

「なぁ、メイサ。その台座はどこかに売っている物なのか？」

「鍼灸に使う主だった道具はほとんど自作しているわ。もちろん、この台座も手作りだけど、どうして？」

「いや、金属とも違うようだし、いったいなにを原料にしているのかと思ってな」

「これはね、植物の茎を使っているの」

私の答えに、アズフィール様は目を見開いた。

「まさかその植物というのは、王宮裏の樹林公園に生息しているものか？」

「ええ、その通りよ。あそこに空芯のある植物があると聞いて、なんとか手に入れたの。そうしたら案の定、台座にピッタリで。実家の庭に植え替えたらうまく根づいてくれたから、今は庭から取れるようになっているけれどね」

持ち帰った際の経緯は、あえて割愛だ。忍び込んで入手したなんてアズフィール様に知られた日には、絶対チクチクつつかれちゃうに決まってる。

「そうだったのか。言われてみれば、たしかにあの茎を短く切って乾燥させたら、まさにそんな感じになるな」

「ええ。使い回しているから焦げて黒っぽいし、一見しただけでは青々したあの植物の茎だとはわかりにくいけれどね。それにしても、樹林公園の植物だってよく知っていたわね」

まさか、アズフィール様がこの植物を知っていたとは驚いた。

「以前、あそこで空芯のあるその植物を欲しがっていた少年がいたんだ」

「へぇ、そんな子がいたの。たしかにこの茎って、いろいろな用途に使えそうだものね。……ちなみにその子は、この植物をなにに使ったの？」

台座の素材を探す際、上でもぐさを燃焼させる目的だったから、端《はな》から熱伝導のいい金属素材は除外していた。

だが、仮にこれに近い形状を金属で加工して作らせようと思ったら結構な手間とコストがかかる。その点これは、人が手をかけなくとも、もとから細い筒状になっていて、乾燥させればそれなりの硬度も確保できる。結構、使いようはありそうだ。

「残念ながら、その子とはそれっきりだ。なにに使ったのかはわからん」

「あら、そうなのね」

そこでこの話題はいったん終わりになった。

すべてのお灸を取り終え、アズフィール様はシャツを羽織りだし、私は後片付けを始める。

焦げたポポと台座を分けながら、ふいに午前中の庭での出来事が脳裏をよぎった。

「あの、アズフィール様。今日の午前中、庭を散歩していたら、偶然イザベラ様をお見かけしたの。護衛の騎士と一緒だったわ」

「ほう」

アズフィール様はシャツのボタンを留めながら、特段興味を引かれた様子もなくあっさりと相づちを入れた。

以前、アズフィール様はイザベラ様との姉弟仲について『普通』と答えていたが、その言葉通りの反応といえる。夢でうなされていたのを理由に、姉弟の確執にまで想像を巡らせたのは、やはり私の行きすぎだったのだろうか。

「……ねぇアズフィール様、例えばなんだけど『火薬』『しくじれない』これらの単語から、なにか想像するものってある？　ちなみに、時間的なリミットも迫っている感じかしら」

ふたりの姉弟仲についてはさておき、気になっていたことを尋ねてみた。イザベラ様たちの会話で漏れ聞いた単語は断片的で、なんとも中途半端な問いかけになってしまった。

「おいおい、いったいなんの謎かけだ？」

アズフィール様も、抽象的な質問に困惑した様子で私を振り返った。

「いえ、だからべつに意味はないの。例えばの話よ」

「ふむ……火薬。そして、期限が迫っていてしくじれないとくれば、……花火、だろうか」

「花火？」

「一週間後、各国高官を迎えて、俺の立太子の礼が開催されるのは知っているだろう？　式典では花火が盛大に打ち上げられる予定だ。国家の威信をかけ、しくじるわけにはいかんだろうな」

……なるほど！　花火か！

アズフィール様の言葉にストンと納得した。

「どうだ、俺の答えは合っていたか？」

「ええっと。そもそも正解はなかったんだけど、きっと正解よ！」

「なんだそれは？」

勢い込んで答える私に、アズフィール様は怪訝そうに眉根に皺を寄せる。

「ふふっ、なんでもないの。それより、立太子の礼が楽しみね。お姉様が成功を願う式典の花火もさぞ、美しいんでしょうね」

「……なにやら、今日の君の話は突拍子がなくてついていけんな」

アズフィール様はやれやれと、ため息をついた。

対する私は、午前中からどことなくもやもやした気持ちが晴れなかったのだが、今は胸のつかえが取れたようにホッとしていた。ほんの少しチリッとする違和感のようなものが引っかかっている気もしたけれど、きっと気のせいに違いない。

「アズフィール様。私はこれで失礼します。おやすみなさい」

「あぁ、おやすみ」

お灸の道具一式を鞄に詰め終え、アズフィール様に就寝の挨拶をして退室する。

「そうだ、メイサ」

扉を閉める直前で、アズフィール様に声をかけられて振り返る。

「明日の夕方だが、なにか予定はあるか？」

「ええ。街の人にお灸の施術をお願いされているわ」

「そうか。ならば、明日の晩、いつもより少し早めに部屋に来てくれないか。君に紹介したい人がいるんだ」

「え？」

……アズフィール様が私に紹介したい人？

耳にして、不規則にドクンと鼓動が跳ねた。

「場合によっては、キュウかハリ……いや、十中八九キレイハリに興味を持ちそうな気がするな。とにかく、いずれかの施術を頼むかもしれん」

アズフィール様がやわらかに目を細め、少し弾んだ声で告げる。

その様子に、ツキリとした鈍痛が胸に走った。

「それは、もちろんかまわないけれど……」

「そうか。明日伝えてもよかったんだが、わざわざ引き止めてすまなかったな。ゆっくり休めよ」

「ええ、また明日。おやすみなさい」

挨拶し、今度こそ扉を閉める。

午前中の気がかりが解消して軽くなっていたはずの心が、一気に重くなってしまっていた。

自分の部屋に入ると、真っすぐに奥のベッドに向かう。

鞄を床に置き、手足を投げ出して仰向けに寝転がる。カーテンを開けたままの窓から綺麗な星空が覗いているけれど、心の慰めにはならなかった。

アズフィール様があんなにやわらかな表情を浮かべて、『紹介したい』と語る人物。

『キレイハリに興味』というくらいだから、相手というのは当然女性なわけで……。

掃除のために使用人が入室するのを除き、これまでアズフィール様が私以外を部屋に入れているのを見たことがない。もともとアズフィール様は女性が苦手で、私が一緒に夜会に参加した後には『君を伴ったおかげで女たちが寄ってこなくなって助かった』とうれしそうに話していたのだ。

そんな調子だったから、彼に親密な女性が存在するなんて想像もしなかった。

自分だけがアズフィール様の特別であるかのように勝手に勘違いして、勝手に落ち込んで……。私、いったいなにをやっているんだろう。

そもそもアズフィール様に親密な女性がいたからって、私にはまったく関係のない話。頭ではわかっているのに、なんでか心が追いつかない。

……アズフィール様がこんなに気になってしまうのはどうしてなのか？

よくわからないもやもやとした感情が渦巻いて、この日はなかなか寝つけなかった。

翌日の晩。私は指示通り普段より一時間早く、アズフィール様の部屋を訪ねた。

――コン、コン。

「入ってくれ」

ゴクリとひとつ喉を鳴らし、扉に手をかける。

「失礼します」

扉を開くと、手前の応接テーブルにアズフィール様が座っていた。その隣には、金髪の男性が……。

「えっ⁉　……男の人っ⁉」

思わず声にして、ハッと気づいて咄嗟に頭を下げて謝罪を告げる。

「すみません、失礼しました！」

……えええっ？　アズフィール様が私に紹介したい人って、男性だったの⁉

『紹介したい人』なんて思わせぶりな表現に加えて、『キレイハリに興味を持ちそう』だなんて言うから、てっきり女性だとばかり思っていたけど……なんだ、男性だったんだ。

私の胸には驚きと、それを上回る安堵が広がった。

カツカツと靴音が迫り、私のすぐ手前で止まる。

「なるほど、とてもかわいらしい女性だ」

私が顔を上げるのと、声をかけられたのは同時だった。

「え？」

目に飛び込んできたのは、アズフィール様の隣にいた青年の満面の笑みだった。その笑顔のあまりの近さに驚き、反射的に少しのけぞる。

「おい、ヴァーデン。距離が近い」

アズフィール様に地を這うみたいな声音で諫められ、青年は薄紅色の瞳をいたずらっぽく細め、ヒョイと肩をそびやかす。

「おやおや、これは失礼。最近少し目が悪くてね」

青年は悪びれた様子もなく飄々《ひょうひょう》と告げ、鞄を持つのとは逆の私の手をスッと取り上げる。

……ひぇえっ。なんだかこの男性、気さくというかフレンドリーというか……いや、ノリが軽くない⁉

キュッと握った手を持ち上げてまじまじと見られ、私は恥ずかしさと居た堪れなさで身を縮めた。

青年はそんな私の内心の動揺を知ってか知らずか、腰を折り流れるように告げる。

「初めまして、メイサ嬢。私はヴァーデン・ウォールド。立太子の礼に参列するため、ウォールド王国からやってまいりました。アズフィールから話は聞いています。あなたは素晴らしいヒーリングの技を持っているそうですね。まさか、こんなにかわいらしい小さな手がそんな技を繰り出すとは驚きです。この後ぜひ、私にも行ってもらいたい」

「……嘘、王子様？」

目の前の青年がウォールド王国の王子様と知り、驚きが隠せない。

「以後、お見知りおきを」

パチパチと目を瞬く私に、ヴァーデン王子はニッコリと笑みを深くする。そうして王子が私の手をそっと引き寄せ、指先に唇を落とそうとした瞬間。

アズフィール様がヴァーデン王子の襟首《えりくび》を掴み、グイッとうしろに引っ張る。ヴァーデン王子は「おわっ⁉」と素っ頓狂な声をあげて反り返り、握られていた私の指先が彼の手からするりと抜ける。

「おいアズフィール、どういうつもりだ⁉」

体勢を立て直したヴァーデン王子は、憤慨もあらわにアズフィール様に詰め寄った。

アズフィール様は怯んだ様子もなく、さっきまでヴァーデン王子が握っていた私の手を取ると、その指先に口づけた。

「メイサは俺のものだからな。いくらお前といえども、気安く触らせるわけにはいかない」

えっ？　なに、今の見せつけるみたいなキス。それに、サラッとすごいこと言われた気が……いや、待てよ。アズフィール様の専属女官なんだから、『アズフィール様のもの』っていう表現は間違っていないのか。……あれ。それじゃあ、キスの意味ってなんだろう？

にべもなく言い放ったアズフィール様と、右に左に忙しなく首をかしげる私を見て、ヴァーデン王子は先ほどの憤慨した様子から一転。まるでおもしろいものでも前にしたみたいに目を輝かせた。

「へー。なかなかどうして、長年の友としてこの状況は感慨深いものがあるな。いつの間に女嫌いを返上したんだい？」

ヴァーデン王子は少し悪い笑顔で、アズフィール様を覗き込んだ。

「うるさいぞ。メイサ、気をつけろ。こいつは女と見れば見境なしに口説《くど》きだす」

「おいおい、人を節操なしのように言わないでくれ」

「事実だろうが」

「いいや。私にもちゃんと好みというものがある。美しい花にしか食指は動かん。もちろん、メイサ嬢ほど美しい花ならば……アダッ！」

ヴァーデン王子の言葉の途中、アズフィール様がペチンと金色の後頭部を叩いた。

私は思わず目を丸くした。

「おいアズフィール、一度までか二度までもどういうつもりだ！」

「おっと、すまん。今のはハエが止まっていたのを払ってやったんだ」

「馬鹿を言え。この部屋にハエなど飛んでいない！」

ふたりのやり取りを見ていたら、先ほどまでの混乱も忘れ、自然と笑い声が漏れていた。

私の笑い声を聞きつけて、ふたりの視線が集まる。

「ふふふっ、ごめんなさい。でも、ふたりともすごく仲がいいんですもの。つい、うらやましくなっちゃって」

「ただの腐れ縁だ」

「それはこっちの台詞です」

ふたりは息もピッタリだ。

「とにかく、メイサ。そういうわけだ。こいつにも施術してやってくれ」

「ぜひ、お願いします。それからメイサ嬢。私相手に堅苦しくする必要はありませんよ。いつもアズフィールにしているように、自然にしていてくれ」

「わかりました。善処します」

これには苦笑してうなずいた。貴公子然としたヴァーデン王子はアズフィール様よりも口調が丁寧だから、私もつられるようにアズフィール様とふたりきりの時よりも丁寧なしゃべり口になってしまう。

アズフィール様に敬語は禁止と言われた時よりも、これはハードルが高そうだ。

「ヴァーデン王子はどこか、体でつらい個所などありますか？」

ひとまず三人で応接テーブルを囲んで座り、私はヴァーデン王子に簡単な問診を開始した。

「ない」

「えぇっと……」

即答され、苦笑が浮かぶ。

「メイサ、こいつには大叔母様と同じアレがいい」

「あ、キレイハリね」

そういえば、アズフィール様は最初から『キレイハリに興味を持ちそう』って言っていたっけ。

「キレイハリとはなんです？」

「美容を目的とした施術です。顔のむくみを取ってフェイスラインを整えたり、血流を促すことで肌のトーンアップができたりします」

「ほう！　ぜひそれをお願いします」

アズフィール様の読み通り、ヴァーデン王子はキラキラと瞳を輝かせた。

「わかりました。キレイハリの施術は横になって仰向けで行います。ベッドに移動しましょう」

「こいつは洒落者でな。男のくせに着る物や石鹸など、存外こだわる。一緒に旅して回った時は、あまりの細かさに辟易《へきえき》したものだ」

「アズフィール、あなたがズボラすぎるんです。今の時代、『男のくせに』などと言っていると女性にモテませんよ」

「余計なお世話だ」

奥のベッドに向かいながらも、ふたりは親しげに軽口を叩き合っている。

ほんとに仲がいいんだな。

「ふたりは一緒に旅をしていたの？」

ふたりの関係を微笑ましく思いながら尋ねた。

「ああ。俺はウォールド王国の学院に留学していた時期があってな、ヴァーデンとは同級だったんだ。学院の休暇を使い、供をまいてふたりきりで旅をした」

「……うわぁ。それってまかれちゃったお供の人たち、生きた心地がしなかったでしょうね」

意図せず漏れた私の正直な感想に、ヴァーデン王子はヒョイと肩をすくめてみせる。

「なに、ふたりきりだったのは実質一泊です。我が国では、空の飛行にはドラゴンよりも天馬が主流なんです。あの時はアズフィールのアポロンにふたり乗りで出かけたのですが、キラキラしい金色で目立ちまくってくれたおかげで二日目には見つかってしまい、遠巻きに供を引き連れての旅になりました」

ヴァーデン王子はアズフィール様に恨みがましい目を向けて、ヤレヤレと口にした。

「あら！　そうだったの」

「違う……。普段のアポロンはいたずらに目立たぬよう、地上から個体の判別が難しいギリギリ、かつ、乗者に負担をかけない高度を考えて飛べる。後で気づいたんだが、あれはアポロンがわざと地上から判別できる高度を選んで飛んでいたんだ」

「なるほど、賢いアポロンは年若いアズフィール様とヴァーデン王子、ふたりきりの旅を危険だと判断したのね」

「やれやれ。過保護なドラゴンもいたものだ。……メイサ嬢、着衣はそのままで大丈夫？」

ヴァーデン王子がベッドに腰掛けながら問う。アズフィール様はヴァーデン王子の施術に立ち会う気満々のようで、椅子を一脚引き寄せてきて脇に陣取った。

「はい。首もとだけシャツを緩めて、リラックスした状態で行いましょう」

「ふむ」

ヴァーデン王子はふたつほどボタンをくつろげて、ベッドに横たわる。

「失礼します」

ひと声かけてから、施術中に額や頬に髪が落ちてこないよう、頭部にタオルを置く。その時にふと、王子の豊かな金髪の中に、赤みを帯びた毛が交じっているのに気づいた。

……あら。昔の私の髪に似ているわ。

実は、私の髪色は今でこそストロベリーブロンドだが、幼い頃は金髪だった。それが七、八歳頃から徐々に赤みの濃い毛筋が交じりはじめ、十歳を迎える頃には全体がストロベリーブロンドになった。

王子の髪は、過渡期の頃の私の髪を彷彿とさせた。

知り合いの髪結い師さんいわく、成長と共に髪の色が変わるのはそう珍しくないらしい。金色の髪をわりと気に入っていたので、当時は少し残念に思ったけれど、今ではこの色が自分の髪色としてしっくりなじんでおり特段の不満はない。

「どうかしたかい？」

「いえ。それでは始めていきますね」

わざわざ口にすることでもないと思ったので髪についてはなにも触れず、さっそく鍼の施術を開始した。

顔への処置のため、施術中は会話もなく、静かな時間が流れた。

「はい、これでおしまいです。施術はいかがでしたか？」

「……正直、あまりよくわからない」

施術後に問うと、ヴァーデン王子は率直な感想を口にした。

「ふふっ、そうですね。ヴァーデン王子はお若いし、もともと皺やたるみなどもありません。効果は微少で、目に見えて実感できるほどの変化はないかもしれませんね」

「ふむ。だが、最初のマッサージは気持ちよかったし、ハリを打つ君の手技は巧みで、受けていて心地いいと感じた。これは感覚的なのだが、心なしか肌が生き生きしたような気もする」

「ありがとうございます！　最高の誉め言葉です」

「メイサ、ハリの残りはまだあるのか？」

私が使用済みの鍼をまとめていると、脇からアズフィール様が尋ねた。

今使用した美容鍼は、顔への施術により特化した細さと長さ、刺し心地のなめらかさを追求した、先日ブロームの工房に依頼して作ってもらったものだ。おいおい追加の注文をするつもりだが、今は本数にあまり余裕がなく、もうひとり分の本数は確保できなかった。

「美容鍼は余剰がないけど、通常の鍼ならあるわ」

「よし。ならば、今日は俺も肩回りにハリの施術を頼もう」

「あら、珍しい」

「たまにはな」

ベッドから起き上がったヴァーデン王子が、シャツのボタンを留めながらアズフィール様にいたずらっぽい目を向ける。

「なんだ、アズフィール。さては、私がメイサ嬢からキレイハリの施術を受けているのを見て嫉妬したな」

「馬鹿を言うな。通常の政務に加え、立太子の礼を間近に控えて事前準備や関連の行事などいろいろ忙しいんだ。おかげで俺は、人生で初めての肩凝りを経験中だ」

「ははは！　それはいいな」

「なにがいいものか」

アズフィール様は高笑いするヴァーデン王子に流し目をくれた。

「アズフィール様はシャツを脱いでから、うつ伏せに寝てちょうだい」

「あぁ」

「……そうだわ。立太子の礼の関連行事といえば、たしかアズフィール様は近々、エイル神殿に行くんじゃなかった？」

鍼の準備をしながら、ふと、思い出して尋ねた。

「ああ、立太子の礼の前日に行く予定になっている」

「へー。エイル神殿って、エイル神聖王国の北西の密林地帯にあったよな。……たしか、何百年も前に使われなくなって、今じゃ神官も置いてないんじゃなかったか？」

「あぁ、そうだ。北西の密林地帯にはかつて小さな集落があり、人々が暮らしていた。だが集落がなくなって人がいなくなり、神殿もその機能を失った。今では建国に関わる重要な歴史遺産という位置付けで、周囲は動物たちの王国と化している。五日後、早朝からエイル神殿に向け、ひとりで出発する予定だ」

ヴァーデン王子の問いに、上半身裸になったアズフィール様がベッドに横になりながら答える。

「なんだって、これから王太子になろうって者が、わざわざそんな僻地の神殿に行くんだ？　しかも、供も連れずにって、正気か？」

「ひと言でいえば慣例だな。エイル神殿の主殿内には涸《か》れることのない秘泉が湧いているんだが、それを汲んできて立太子の礼の中で神官長に振りかけてもらう。ちなみに、ひとりで行くのも長年のならわしで、なんでも供の帯同は不名誉にあたるそうだ」

「あー！　たしかその秘泉、〝治癒の女神エイルの祝福〟って言われてるやつだろう？　大陸の歴史として学んだが、私はてっきり架空の伝説だと思っていたぞ。なんだ、本当に今も涸れずに湧いているのか？」

「……ああ、女神の祝福は決して潰《つい》えないのさ」

アズフィール様はうつ伏せのままわずかに首を巡らせて、チラリと私を見ながら告げる。その瞳と台詞に底知れぬ熱を感じ、ドクンと脈が跳ねた。

「え、ええっと。それじゃあ、さっそく始めていくわね」

動揺を隠すように、あえて声高に告げる。

「頼む」

アズフィール様はそんな私の様子にフッと口もとを綻ばせ、短く告げるとすぐに枕に顔を伏せた。ヴァーデン王子はアズフィール様と入れ替わるように空いた椅子に腰掛け、施術の様子を見つめていた。

こうして、夜の時間は静かに過ぎていった。

ヴァーデン王子を紹介された日から三日が経った。

あの日以降、アズフィール様は衣装や装具の確認、リハーサルなど、立太子の礼を目前に控えてますます忙しく過ごしていた。加えてヴァーデン王子以外にも各国高官らが続々と到着し、その歓待で息つく間もない様子だった。

相当疲れも出ているらしく、最近のアズフィール様は夜の施術の際、マッサージに加えて灸を所望してくることが多い。

……ここのところは、かなり大変そうね。体を壊さないといいけれど……あ！ そうだわ。乾燥させたラベンダーをポポに配合してみようかしら。

知っての通り、ラベンダーはリラックス効果の高いハーブの筆頭だ。この世界には見たことのない植物が多いけれど、ラベンダーやバラなど前世と同じものもある。植生の原理はわからなくとも、まれに出会うそれらは心を躍らせた。

南国フルーツのような甘い香りのポポと、穏やかなフローラル系のラベンダーは、ブレンドの相性もいいはずだ。きっとアズフィール様を深い癒しの世界へと誘《いざな》ってくれるだろう。花の開花はまだ少し先だけれど、たしか女官長が庭の花壇で育てたラベンダーの一部を乾燥させ、保管してあると話していた。

よし、少し分けてもらえないか聞いてみよう！

いいアイディアを思いつき、知らず知らず胸が弾んだ。

そうして私が女官長の部屋に向かい、王宮の廊下を歩いていると。

「あの、待ってちょうだい……！」

うしろから声をかけられて振り返ったら、小柄な女性が廊下の向こうに立っていた。

「あなたは……」

夜会の日とは別人のように小さく肩を縮め、細い両手を胸の前で組んで不安そうに私を見上げるカミラの姿があった。好き好んで顔を突き合わせたい相手ではなかったが、『待って』と言われた手前、仕方なく足を止めて彼女に向き合う。

ところが、当のカミラは唇を震わせるばかりでなかなか話そうとしない。

「私になにか用かしら？」

私が問うと、カミラは思いつめた表情でガバッと頭を下げた。

えっ？

「ごめんなさいっ‼　謝って許してもらえるものではないけれど、私、あの時は嫉妬に駆られてどうかしていて……っ。それでつい、あんな態度を……本当にごめんなさい！」

カミラがあまりに大きな声で謝罪を叫びだすものだから、廊下に居合わせた人たちの目がいっせいにこちらに集まる。

「ちょっ、カミラ。ここじゃあれだから、こっちに来て」

なおも言い募ろうとするカミラの腕を引き、手近な空き部屋に入って扉を閉めた。

「いきなり頭を下げるからなにかと思ったら……驚いちゃったわ」

「うぅっ……」

カミラはしゃくり上げながら私を見上げる。

なんだか、出来の悪い後輩でも相手にしているような気分になって、ポケットからハンカチを取り出して濡れた頬を拭ってやった。

「もぅ、困った子ね」

「ぅううっ。ごめんなさい。……本当はあなたに合わせる顔なんてないってわかってる。でも、どうしても謝らずにはいられなかったの、ぅぐっ……」

涙をいっぱいにためたブルーの瞳は真剣そのもので、その言葉にも嘘はなさそうだった。

「そんなに泣いて……。それにしたって、いったいどういう心境の変化？」

あまりの変わりぶりに、私は少し困惑しつつ尋ねた。

カミラはぽつり、ぽつりと話しだす。

「あの夜会の後、少し頭が冷えたらなんて馬鹿な真似をしたんだろうってすごく後悔したわ。あまりに恥ずかしくて、とてもじゃないけど、お父様には言えなかった。そうしたら翌日の夜、他家で開催されていたパーティに出席していたはずの両親が血相を変えて帰ってきた。どうやら、パーティの会場にアマンサ様がいらっしゃったみたいで……」

「え？　お祖母ちゃん？」

話題に祖母が出てきたことに驚く。それもそのはず、夜会の日から今日に至るまで何度か実家に顔を出しているけれど、祖母はなにも言ってこなかったのだ。

「なにも知らない両親が、ご挨拶させていただいたらしいの。そうしたらアマンサ様は『メイサの母を、ご息女の言うところの尻軽に育ててしまった私が、顔を出していい場所ではなかった』と、淡々と口にして帰ってしまわれたそうよ。最初、両親は意味がわからなかったらしいのだけど、さすがにおかしいと思い慌てて帰ってきたって。私が夜会での出来事を白状したら、父は血相変えて私を引っ張ってヴェラムンド伯爵家に謝りに行った。そこにあなたはいなかったわけだけど、アマンサ様と伯爵には心からお詫びしたわ」

「なるほどね。祖母の影響力を知って、恐れをなしたってわけね」

それにしたって、祖母も大人げない。王家から降嫁した元王女の影響力は計り知れないというのに……。

とはいえ、普段の祖母ならまずこんな行動はしない。たぶんどこかから偶然夜会での一幕を耳にして、相当おかんむりだったのだろうな……。

「ううっ。だって、うちは父がその腕で大臣にまで上りつめたけれど、爵位としては下位で……。あなたのお祖母様に睨まれたら、社交界で生きてはいけない。貴族っていうのは、長いものには巻かれないといけない時もあるのよ……ヒック」

カミラはチーンと洟《はな》をかみながら、馬鹿正直に告げる。

やれやれ。浅慮には違いないのだが、そんな彼女がなんだかちょっと憎めなかった。

「……でも、それだけじゃないの。私、今回のことで母と父を泣かせてしまったの。大切なふたりが涙する姿を見て、苦しくて堪らなかった。それとね、実を言うと王宮にあなたを訪ねてきたのはこれが初めてじゃないの。前に父と謝罪に訪れた時、あなたは不在だったんだけど、その時、偶然行き合った外交大臣に『ご息女に素晴らしい教育をなさっているようじゃないか』って嘲笑されてうつむく父を見て、胸がちぎれそうだった」

「そんなことが……」

「大切な人が馬鹿にされて、あなたがどんなに悔しかったか……。その時、初めて自分の犯した罪に気づいたわ。自分がどんなにひどい言葉を言ってしまったのか身に染みた。それで、どうしてもあなたに謝りたかった。だけど、なかなかあなたは王宮にいなくって……やっと、謝れた……っ。あの日の失礼な態度と言葉、本当にごめんなさい！」

カミラはそう言って、深々と頭を下げた。

「カミラ。あなたの謝罪を受け入れるわ。だからもう、顔を上げてちょうだい」

「許してくれるの……？」

カミラはおそるおそるといった様子で私を見上げた。

「ええ。こうして謝ってもらったもの」

「ううっ、あなたってなんていい人なの……っ！　私、これからはあなたにどこまでだってついていくって約束するわ……！」

カミラはやたらキラキラしい目で私を見つめ、涙ながらに断言する。

「え……？　べつについてきてもらう必要なんてないわよ」

私の答えに、カミラはブワッと涙をほとばしらせた。

「う、うっ、うぇえぇえんっっ！」

ぇえぇ!?　なんでここで、さらに泣くの？

顔をクシャクシャにして泣きじゃくるカミラの肩を、私はため息交じりにポンポンと叩いて慰めてやる。

面倒くさいとあきれる反面、澄ました笑顔の仮面の下にすべての感情を押し込めた令嬢よりよほど好感を持っている自分がいた。カミラは泣きやんだ後もなかなか私のそばを離れようとしなかったので、乾燥ラベンダーの粉砕を一緒に手伝ってもらった。

その日の晩。

「なぁメイサ、今日のキュウはいつもとは違う香りがするな。心が綻ぶような、優しい匂いだ」

「実は、今日のお灸はね――」

お灸の香りの違いに気づいたアズフィール様が尋ねてきたので、カミラと一緒に用意したラベンダーを加えたポポであることを伝えた。アズフィール様はリラックスした表情から一転、ものすごく怪訝そうな顔をする。

さらに和解と、なぜか気に入られて懐かれていることを伝えたら『誰からも好かれてしまうのが、いかにも君らしい』と苦笑いしていた。

そうこうしているうちにポポの燃焼は進み、朝露に濡れた果実のような甘くみずみずしい香りは、徐々にスッキリとした芳香へと変化していく。

アズフィール様は、ポポが放つ清涼感あるラストノートと、リラックス効果の高いラベンダーの香りに包まれながら、初めてお灸をしながら眠りについた。

……よかった。よほど気持ちよかったのね。

端整な目もとに長い睫毛が影を落とし、形のいい唇が薄く開いて呼気を吐き出す。起きている時よりも少しあどけなく感じる寝顔を見つめながら、トクンと胸が熱を帯びた。

夜の静寂に、普段より少し速い自分の鼓動が鼓膜に反響していた。

第六章　転生令嬢、王太子殿下の窮地に駆ける

立太子の礼を翌日に控えた朝。

私は自分の部屋のベランダから王宮の前庭を見下ろしていた。

眼下に臨む王宮前には、国王夫妻やイザベラ様、神官長、祖父をはじめとする主要大臣らが、エイル神殿に向けて出発するアズフィール様の見送りに立っていた。皆は王宮に背中を向けて立っており表情などはわからないが、正装に身を包んで一同が整列した様は壮観だ。

……やっぱり、前庭からの見送りは遠慮して正解だったわ。

アズフィール様からは、庭から見送ってほしいと言われたが、いち女官である私がそうそうたる面々と一緒に王宮前に並んで見送るのはどうにもはばかられ、この場所を選んだ。

アズフィール様は皆に一礼してアポロンにまたがると、颯爽と空に飛び立つ。

アズフィール様は密林の麓《ふもと》の村までアポロンで乗りつけるが、その先はひとり徒歩で神殿を目指すことになる。厚地のマントに革の長靴、腰には剣を佩《は》いての重装備

だった。

「いってらっしゃい。気をつけて」

グンッと高度を上げていくアポロンとアズフィール様を見上げながら、小さくつぶやく。

すると、その声が聞こえたわけでもないだろうに、アズフィール様がこちらを振り返った。

……え？

アズフィール様は右手を掲げ、何事か告げる。

実際の声は聞こえなかったけれど、アズフィール様の『いってくる』と言う声が直接胸に伝わってきた。そのままアズフィール様は、アポロンと共に遠い空に溶けていった。

アズフィール様の姿が完全に見えなくなり、私はベランダから室内に戻った。

「……さて、鍼のメンテナンスでもしておこうかな」

今日は午後から女将さんに鍼の施術をする予定になっている。その前に済ませてしまおう。

鞄の中から鍼の道具を取り出す。鍼先を慎重に検分し、傷んだ鍼をより分ける。

……研《と》ぐ必要があるのはこの二本だわね。

文机の上に砥石を用意して腰掛けると、さっそく指先で鍼柄を掴んだ。二、三十度くらいの角度をつけて鍼を回しながら、小さい砥石に押しあて、丁寧に鍼先を研いでいく。

研ぎ終わると鍼先をかざし、じっくりと仕上がりを確認する。

「うん、いい感じね」

研ぎ上がりにうなずいて、さっそく二本目に取りかかる。

そうして、ちょうど二本目が研ぎ終わったタイミングで、外から扉が叩かれた。

「メイサ、いるかね。私だ」

「あ、お祖父ちゃん！」

祖父の来訪を知り、私は席を立つと小走りで扉に向かった。

二日と空けずに実家を訪ねていたし、祖父は内政大臣という仕事柄王宮を訪れる機会が多く、ほとんど毎日のように顔を合わせていた。とくに今日はアズフィール様の見送りもあったので、祖父がすでに王宮に来ていることは知っていた。

「珍しいね、お祖父ちゃんが部屋を訪ねてくれるなんて」

だけど、祖父がこんなふうに王宮内の私の部屋を訪ねてきたのは、これが初めてだった。

「いや、なに。会議まで間があったからな」

「そっか。よかったら入って。お茶を淹れるから」

「ああ、ありがとう」

私は炎石を内蔵したケトルでお湯を沸かし、ハーブティーを二杯分淹れると、祖父と応接ソファに並んで腰掛けた。

「それにしても、ずいぶんといい部屋を賜《たまわ》っているなぁ。隣はアズフィール様の部屋なのだろう？」

「うん、そうなのよ。調度なんかは、むしろアズフィール様の部屋よりも豪華なくらい。しかも結構新品が多いみたいなの。なんだか、もったいなくって」

「ははは、そうか。……なぁ、メイサ。アズフィール様はよくしてくれているか？」

お茶をすすりながら問う祖父の目は優しい。だけど、その瞳がどことなく寂しそうに見えるのは気のせいなのか。

「んー？　そうねぇ。最初はどんなにこき使われちゃうのかなって思ってたけど、なんだかんだですごくよくしてくれてるよ。それに、一番心配してた街の人たちへの施術を、これまで通り自由にさせてくれてるのは正直ありがたい。実家への帰省もそうだね」

「そうかそうか。子供が大きくなり、離れていくのはあっという間だなぁ」

「やだ。どうしたの、急に？」

珍しく感傷的にこぼす祖父を、私は少しの驚きを持って見つめた。

まるで、これから娘を嫁に出す父親みたいだ。結婚など当分……いや、場合によっては永遠に予定はないのだが、祖父はいったいどうしてしまったのか。

「なに、いいことだ。子供が成長し、親もとを離れていく。本音を言えば少し寂しいが、一方でこんなにうれしいことはない。……なぁ、メイサ。君は出自もあり、王宮内での立ち位置で人よりほんの少し苦労が多いかもしれない。だが、引け目に思わなくていい。君は皆に愛されて、祝福されて生まれたんだ。事情があって婚姻の形は取れなかったけれど、君の母も父も君を深く愛していた。もちろん、私もアマンサもだ」

祖父の言い方は妙に断定的……それこそ、私の母と父が一緒になれなかった事情まで、すべて把握しているかのようだ。

「お祖父ちゃんは、もしかして私のお父さんを知っているの？」

「それと思う人物はいる。だが、娘は……メイサの母は、最期まで名を明かさなかった。だから、本当のところは違っているかもしれん」

「……そっか」

誰なの？　そんな言葉が喉もとまで出かかったけれど、直前でのみ込んだ。

祖父もその人物に確証を持っているわけではなく、不確かな情報で私の心を乱すのを憂慮しているのだろう。祖父から口を開かないのなら、私からはあえて聞くまい。

「ねぇ、お祖父ちゃん。私、自分の生まれを誇りに思いこそすれ、引け目に思ったことなんて一度もないよ。両親はそもそも記憶にないし、正直なところよくわからない。でも、お祖父ちゃんとお祖母ちゃんにいっぱいの愛情で育ててもらって、こんな幸せってないわ。私、これからいっぱい孝行するつもりよ。だから、元気で長生きして」

「私は果報者だ」

「やぁね。こんなに優しくて理解があるいいお祖父ちゃんがいて、私の方がよっぽど果報者よ。もし私のお祖父ちゃんがお祖父ちゃんじゃなかったら、こんなおてんば娘いらないって、早々に屋敷を追い出されちゃってたかもしれないわ」

目頭を押さえる祖父に、私はそっとハンカチを差し出しながら、わざとおどけた調子で告げる。

「ははは。実を言うと、その点は少し理解を持ちすぎたと反省しているところだ。

もう少ししとやかに育てられたら、私の孫育ては満点だったのだがな」

「ふふふっ」

そこからは、とりとめのない雑談をして、祖父は会議の時間を前に席を立った。

「おっと、そろそろ時間だな」

「また実家の方にも顔を出すわね。お祖母ちゃんにもよろしく」

「あぁ、待っているよ。それじゃあな」

「うん、いってらっしゃい」

部屋の外まで祖父を見送って、その背中が見えなくなってから、ホゥッと小さく息をつく。

……実の父親が、まったく気にならないと言ったら嘘になる。

でも、聞かなかったことに後悔はない。

私にとって自分のルーツはさして問題ではないのだ。大好きな祖父と祖母がいて、幸せな今がある。それだけでいい――。

なんとなくそのまま部屋に戻る気になれず、廊下へと踏み出した。

……少し、散歩でもしてこよう。

グッとひとつ伸びをして、東の庭を目指した。

東の庭を進んでいたら、前方に人影を認めた。

……あれって、イザベラ様とセルジュ？

ふたりは私に背を向けて立っているが、その立ち姿でピンときた。とくにイザベラ様の装いは朝の見送りの際に着用していた物と同じで、それが決定打となった。

ふたりは今日も、ひそひそと何事か話し込んでいる。私は足音を潜め、木立に隠れながら、会話が聞こえてくるギリギリまでふたりに寄った。

「今度こそ、ちゃんと殺《や》ってくれるんでしょうね？」

「はい。手練《てだ》れを送り込んでいますので、必ずや仕留めてくれるでしょう」

……このふたり、いったいなにをたくらんでいるの⁉

今回はふたりの会話を漏らさずに聞くことができた。耳にした会話の不穏さに、心臓が早鐘のように鳴り響き、冷たい汗が背筋を伝った。

「アズフィールは騎士団長にも負けないほどの剣の腕前だと聞いているわ。本当に大丈夫なの？」

「イザベラ様。鬱蒼と木々が茂る密林内は、剣戟《けんげき》の試合会場とは違います。その道に精通した暗殺者を前に、正攻法の剣技は助けとはなりません。なにより暗殺者たちには、こちらが事前に入手した通行ルートを渡してあります。彼らに挟み撃ちにされたら、まず逃げられません」

「そう、ならば今日こそ朗報が聞けそうね！　……ふふっ、ふふふふふっ！」

なんてこと、このままではアズフィール様が危ない……っ‼

耳にした瞬間、もつれそうになる足を叱咤して駆け出していた。

「あぁ、どんなにこの日を待ち望んだか。アズフィールが消えてくれなければ、なにも始まらない。でも、これでやっとすべてが動きだす。私の頭上に宝冠を戴く日も遠くないわ」

背中にイザベラ様のうっとりとしたつぶやきが聞こえたような気もしたけれど、今後を思案する私の胸には響いてこなかった。

……どうしよう。アズフィール様を助けるために、私はどうしたらいい⁉

とりあえず、一刻も早くこの状況をアズフィール様に知らせないと……そうだ！

お祖父ちゃんが乗ってきたジジがドラゴン舎にいるはず。ジジに乗って、アズフィール様の後を追おう！

全速力で飛ばしたら追いつけるかも……ううん、絶対に追いついてみせるっ！

私が息せき切って王宮横のドラゴン舎に向かっていたら、途中でヴァーデン王子と行き合った。

「メイサ嬢、どうしたんだい？　そんなに慌てて」

「ヴァーデン王子……！　アズフィール様が大変なことになっていて……えぇっと、とにかく今は急いでいて、説明している時間がありません！　失礼します！」

「え、ちょっ……？」

失礼とは思いつつ、足を止めずぞんざいに答え、目の前に迫ったドラゴン舎に駆け込んだ。

「おや、メイサ様。いかがされましたか？」

ドラゴン舎で作業していた顔なじみの飼育員が、すぐに気づいて声をかけてきた。

「すみませんが、すぐにジジに乗っていきたいので房から出してもらえますか⁉」

「あ、ああ。わかった」

逼迫《ひっぱく》した様子を察した飼育員は、手早くジジを房から出してくれた。

「ありがとうございます！」

すぐにジジを伴ってドラゴン舎を出て、舎前の開けた場所でヒラリと背中に乗り上がる。

「なんだかずいぶんと急いだ様子だけど、気をつけるんだよ」

追ってきた飼育員が心配そうに声をかけてくれた。

「はい！　それから、申し訳ないのですが、祖父が来たら私が乗っていったと伝えておいてください」

「えっ、伯爵の許可を取っていないんですか？」

飼育員は、私の言葉にギョッとしたように目をむく。

「すみません！　いってきます！」

「えぇっ⁉」

これ以上の問答の間が惜しく、申し訳ないと思いつつジジを飛び立たせた。

直後、視界の端を金色がかすめ――。

「待って、私も一緒に行くよ！」

「えっ⁉」

下を見ると、あろうことかヴァーデン王子が飛び上がるジジの尾っぽにしがみついているではないか……！

「ちょっ、危ないですから手を離してください！　今ならまだ、地上に降りられますから！」

「嫌だね。君ひとり、行かせるわけにはいかない。アズフィールに危険が迫っているならなおさらだ！」

ヴァーデン王子はジジの尾っぽを両手でガッシリと掴んだまま、意地でも離そうとしない。そうこうしているうちにも、段々と高度が上がる。

「ジジ、少しそのままでいてちょうだい。……ヴァーデン王子、こちらに片手をください。引き上げます」

仕方なく、私はジジに声をかけていったん上昇をストップしてもらい、ヴァーデン王子の手を取ってグンッと背中に引き上げた。

「……ふぅ、助かった」

「ヴァーデン王子！　浮上しているドラゴンの尾にしがみつくなんて危険です！　万が一落ちたら大怪我では済みませんよ⁉」

「かまわないさ。君ひとり行かせてしまうより、その方がずっといい」

ヴァーデン王子は真っすぐに私を見据え、迷いのない口調で言いきった。

その目に宿る意思の強さに驚くと同時に、間近に見る彼の瞳の色が、私のそれにとてもよく似ていることに気づく。かたくなで言い出したら聞かないところも、なんだか自分自身を見ているような、不思議な心地がした。

「……ジジ、ありがとう。飛んでいいわ」

「ありがとう、メイサ嬢！　やっと私を連れていく気になったようだね」

「よく言うわ。置いていこうとしたって、聞く気なんてないくせに」

「ははは、それもそうだ」

私がわざと唇を尖らせると、ヴァーデン王子は朗らかな笑みをこぼした。

……ヴァーデン王子という人は、なんだか不思議だ。

「それで、なにがあったの？　もちろん、ここで知り得た秘密は厳守すると約束する。ここにいる私は、ウォールド王国の王子ではなく、アズフィールの親友のヴァーデンだ。アズフィールの無事を願う心は君と同じ。どうかアズフィールのために協力させてくれ」

「ありがとうございます。実は、アズフィール様の今回の参拝に危険が迫っていることを偶然知ったんです」

「具体的には？」

その気さくな人柄のせいだろうか。ヴァーデン王子には初対面の時から、なんとなく親近感を覚えていた。

「密林内で刺客がアズフィール様を狙っています。しかもアズフィール様の進行ルートまで漏れているようで、刺客はアズフィール様を挟み撃ちにする計画のようです」

「君は進行ルートを把握しているんだね？」

「はい。沢に沿って進むと、事前にアズフィール様本人から聞いています。神殿に続くルートに並走する沢は、一本しかありません」

「そうか。だが、私たちがそのルートに沿って密林内までアズフィールを追いかけていくのは避けたい。密林に入る前に、アズフィールに追いついて伝えるのが理想だ」

そうして今、私はヴァーデン王子の存在をとても頼もしく感じている。同時に、彼という協力者を得たことに、底知れぬ安堵を覚えている自分がいた。

「私も絶対にそうしたいと思っています。ジジには無理をさせてしまいますが、なんとかがんばってもらいます」

「あぁ、そうだね」

ジジに速度を限界まで上げるようお願いし、再びヴァーデン王子に向き直る。

「……あの、刺客を放った相手について聞かないんですか？」

「聞く必要はないよ。血がつながった家族と言えば聞こえはいいが、どこの家も大なり小なり問題を抱えているものさ。それは王家とて例外ではない」

私の問いかけに、ヴァーデン王子は少し冷めた目をして答えた。それを聞くに、ウォールド王国もまたなにがしかのトラブルを抱えているのかもしれない。

「ええっと……」

「とにかくエイル神聖王国のお家騒動に興味はない。私が今するべきは、アズフィールが無事に一連の儀式を遂行できるよう力を尽くす、その一点のみだ。その後はアズフィール自身が決着をつけたらいい」

言いよどむ私に、ヴァーデン王子はフッと口角を上げて続けた。

「ヴァーデン王子……」

「ただし、卑劣な手段でアズフィールを追い落とそうとする輩《やから》に、到底王位はふさわしくない。私個人としては、エイル神聖王国の将来の王は、やはりアズフィールであってほしいね」

なんとなくだが、ヴァーデン王子は黒幕に察しがついているのかもしれない。

「はい」

私はヴァーデン王子の意見にうなずいて同意した。

……私にきょうだいはいないけど、もし兄がいたらこんな感じなのかもしれない。

ヴァーデン王子の瞳に映る自分を見つめながら、おぼろげにそんなことを思った。

＊＊＊

エイル神殿への道のりは順調だった。

金色ドラゴンの中でもアポロンの飛行速度は群を抜いて速く、予定より一時間以上も早く目的地に到着した。俺はアポロンを麓の村に残し、ひとり鬱蒼と木々が茂る林の中へと足を踏み入れた。

……なんだ？　なんとなく嫌な雰囲気だな。

しばらく進んだところで、肌にピリッとするような不快感を覚えた。全身の神経を集中させて注意深く周囲を探ると、木こりや猟師ではあり得ぬ気配を察知する。

「……ふむ。俺に向けて刺客の類いが差し向けられたか？」

この流れだと事前に俺の進行ルートまで漏れていて、待ち伏せされていると考えるのが妥当だろう。

正直なところ、神聖な一連の儀式の最中に血なまぐさいやり取りはごめん被《こうむ》りたい。刺客と鉢合わせする前に、さっさと行って帰ってくるのが吉だ。

「どこの誰が計画したか知らんが、俺も甘く見られたものだ」

口内でやれやれとつぶやいて、即座に神殿に向かうルートを変更した。当初進む予定だった、沢沿いに残る古い時代の通行路を背にし、木々の合間を縫って道なき道を歩き始める。

今さら刺客を差し向けられたからといって、たじろがない。

エイル神聖王国唯一の王子として生を受けた俺は、皆から甘やかされ、過保護に育った。そのため、幼少期は同年代の少女よりも貧弱で泣き虫だった。だが、ある時を境に自らの意思で温室育ちに甘んじる暮らしに決別した。七歳頃のことだ。

不思議なのだが、具体的にどんなきっかけで考えを改めたのかはまったく覚えていない。ただ、ある時から弱い自分を変えたいと切望し、血の滲む思いで武芸に励んだ。

そうして努力の甲斐あり、今では騎士団長にだって負けない剣の腕を身につけている。よく勘違いされるのだが、俺の剣は決して周囲が考えるような芸事の範疇《はんちゅう》ではない。武芸の域にとどまらない実戦の剣だ。これは声を大にしては言えないが、騎士団に所属していた時分、俺は身分を考慮した配属を不服とし、紛争地帯の制圧に出向く部隊に紛れ込んだ。生死のかかる極限状態での切り合い、そして命を断ち切る感触を、あの時に骨身に染みるほど経験した。

あの経験が、今もすべてに生きている。生きるために最善の判断を、いつだって瞬時に下せる。もちろん、ちょっとやそっとのことではやられない。おごりでなく、俺はそれだけの力をたゆまぬ努力によって身につけてきたのだ。

……それにしても、俺を亡き者にしようと狙うのはいったい誰だ？　そもそも国内に、俺の立太子の礼を阻みたい者などいるのか？

男子の王位継承を守り抜いてきたエイル神聖王国にとって、俺の王位継承――ひいてはその前段階とも言える王太子宣明は悲願と言える。両親や姉、大臣らは皆、この日を心待ちにしていたし、当然、国民も沸きに沸いている。

……可能性があるとすれば、エイル神信仰に反対する西の山岳部族か。いや、それよりはエイル神聖王国の混乱を狙う隣国エルラーダ公国……ふむ、どちらもピンとこないな。

いろいろ考えを巡らせるも、肝心の犯人については皆目見当がつかない。

「なんなら、刺客を一匹捕まえて吐かせてみるか？　……ふむ。それもおもしろいな。よし、水を汲み、その後で余力があれば検討しよう」

目下の目的である聖水を手に入れるべく、変更したルートを足早に進んでいった。

数時間黙々と歩き、ついに開けた木々の先に、何本もの円柱で支えられた石造りの神殿が浮かび上がった。

引き寄せられるように歩み寄り、手のひらで円柱の一本にそっと触れる。表面はなめらかで、不思議なほど経年劣化を感じなかった。

……ほぅ。何百年も捨て置かれていたとは思えんほど状態がいいな。

数段の階段を上り、等間隔に立つ円柱の間を通って主殿内を進む。十メートルほど奥に行くと、台座の上に微笑を浮かべて佇む女神エイルの石像が現れる。

女神の足もとには、幅にして一メートル、水深も一メートルほどはあるだろう、円形の泉ができていた。

……これが秘泉か。

泉の下は、建物と同じ石材。とくに壁泉《へきせん》などがあるわけでもなく、吐水口にあたる部分が見あたらない。しかし泉は涸れることなく、今も澄んだ水をたたえていた。

……なるほどな。これはたしかに女神エイルの祝福だ。

「女神エイル、私はエイル神聖王国の第一王子アズフィール・フォン・エイルです。立太子の礼に際し、祝福の水をいただいてまいります」

敬意を込めて女神の石像に片膝を突いて礼を取り、懐に忍ばせていた小瓶をそっと秘泉に沈ませた。

小瓶からコポコポ小気味いい音と共に空気が抜け、代わりに中を澄んだ水が満たしていく。

「女神エイル。俺は遠からず、あなたからもうひとつの祝福――メイサをもらいます。俺の一生涯をかけて彼女を愛し、必ず幸せにしてみせます」

秘泉の水を無事に汲み終え、女神エイルに宣言した。

当然、石像の女神がそれに答えるべくもない。けれど俺が告げた瞬間、女神が表情をほんのわずかに綻ばせたように感じたのは果たして気のせいなのか。

最後に女神像に一礼し、神殿を後にした。


そうして密林の道なき道を進みながら、おもむろに空を仰いだ。

……ふむ、アポロンと約束した時間までまだ間があるな。

太陽の位置はまだ一番高いところに届いていない。これなら余裕で隠れている刺客を捕まえて帰れそうだ。

刺客を捜すため、沢の方に足を向けた。

「いやぁああっ‼」

なっ⁉　メイサの声か⁉

当初の進行ルートである沢の近くに差しかかったところで、なぜかメイサの悲鳴を聞いた。耳にした瞬間にはもう、声のした方に駆け出していた。

……あれはヴァーデンか⁉

木々の隙間から、ヴァーデンが引け引けの腰で剣を構えて背中にメイサをかばい、四人の敵に囲まれているのが見えた。

パッと見た限り、ふたりに怪我などはなさそうだ。次いですばやく周囲を探ると、木の上と幹の陰に息を潜めた敵の気配を見つけた。

……まずはお前たちからだ。

懐に忍ばせていた二本のナイフを抜き、二名の敵の頸動脈目がけて放つ。敵は呻き声すらあげられぬまま絶命し、幹の陰に潜んでいた敵は静かに地面に沈んだ。木の上の敵はドサリという大きな音を立てて地面に落ちた。

「なんだ⁉　いったいなにが起こった⁉」

メイサたちを囲んでいた四人の敵に動揺が走る。

即座に腰の剣を抜き、敵の意識が俺に向くよう、あえて大きな音を立てながら木立を割って飛び出す。

「ヴァーデン、こいつらは俺が引き受ける。代わりにお前は、これからここで起こることを絶対に彼女の視界に入れないようにしろ。念のため、飛び道具への警戒は怠るなよ」

四人の敵から注意を逸らさぬまま、ヴァーデンに向けて叫ぶ。

ヴァーテンはぼうぜんと俺を見ていたが、すぐにハッとした様子で、腰を抜かしてへたり込むメイサの隣に膝を突き、彼女の視界を自分の袖で塞ぐ。

……メイサ、すぐに助ける！　ほんの少し待っていてくれ！

目論見通り、敵の注意は俺ひとりに向いていた。剣を構え、四名の敵に対峙した。

直後、右前方の敵から釘形の飛び道具が放たれたのを身を反らしてよける。左からもうひとりの敵がダッと飛び込んできて、俺の足を切り払うように剣を繰り出した。

ヒュンッという剣鳴りの音を聞きながら、即座に後方に跳んでかわす。

……阿呆が。ガラ空きだ。

それでなくともここは障害物が多く空間が狭い。こういった場所では剣を大きく振りかぶらずに戦うのが鉄則なのだ。

俺はわずかな隙を見逃さず、空いた敵の左脇腹に剣を突き入れる。敵は前のめりに倒れた。

剣を袈裟《けさ》懸《が》けに振り下ろして血を払い、今度は両刀の特殊な武器で向かってくる敵に対峙する。リーチの短い武器で繰り出されるすばやい切り込みを剣で受け止め、刃の向きを傾けて横にすべらせる。すぐに繰り出されたふた突き目は鍔《つば》で撥《は》ね上げていなす。

——シュンッ。

鋭く空気を裂く音で背後からの攻撃を察知する。

敵がうしろから仕掛けてきた飛び道具での攻撃を咄嗟に屈んでよけ、その勢いを殺さぬまま地面を蹴って、両刀の武器を持つ目の前の敵を下から斬り上げる。

敵は血をほとばしらせながら背後に倒れた。

その時、残る敵のひとりがメイサたちに向かって網状の捕具を放とうとしているのが視界の端に映る。メイサを任せていたヴァーデンは前方に気を取られ、背後からの攻撃に気づいていない。

「ヴァーデン後ろだ！」

叫ぶと同時にダッと跳躍し、敵が放った網が広がりきる寸前で、ヴァーデンから奪うようにメイサを胸にかき抱《いだ》く。彼女の顔を左胸にうずめさせて視界を塞ぐ。網にかかって俺の足もとでジタバタともがくヴァーデンを流し見て、一応の無事を確認してから捕具を放った敵に対峙する。剣を握る右手にグッと力を込めて間合いを詰め、相手が怯んだ一瞬の隙を見逃さず、勢いよく横に振りきってひと息で首をかく。

地面に転がった敵を一瞥し、すかさず次の攻撃に備える。

ところが、最後の敵――ここまで俺に飛び道具で攻撃を繰り出していたひとりは、恐れをなしたのか背を向けて逃げだした。俺は四人目に倒した敵が落とした両刀の武器を少し先の地面から拾い上げる。網の中でもがくヴァーデンの上にシュッと刃を滑らせて切り込みを入れてやり、そのまま逃げる敵の足の腱をめがけて放つ。両刀の武器は狙い通りに突き刺さり、敵は呻き声をあげ、右足を押さえて地面に転がった。

……これで全部か。

折よく網から脱し、こちらに歩み寄ってきたヴァーデンに、後ろ髪引かれる思いで再びメイサを預ける。本音を言えば、このままメイサを俺の腕の中に閉じ込めて甘く慰めてやりたい。しかし、安全がしっかり確認できるまで気を抜くわけにはいかない。ほんの小さな油断が命取りとなることを、経験上痛いほど知っているからだ。

流れ作業的に五名の絶命を確認していく。そうして骸《むくろ》となって転がる刺客を間違ってもメイサの目に触れさせぬよう、すばやく刺客の体からマントを剥ぎ取りかぶせていく。

唯一息のある六人目は、武器はもとより身ぐるみを全部剥ぎ、両手両足を拘束した状態で木にくくる。もちろん猿轡《さるぐつわ》を噛ませることも忘れない。

刺客ら全員の後処理を終えると、最後にもう一度周囲の気配を探って異変のないことを確認し、やっと肩の力が抜ける。逸る思いでふたりのもとに駆け寄った。

「もう大丈夫だ。怪我はしていないか？」

片膝を突いて目線の高さを同じにして無事を問う。

ふたりはいまだ抱き合った体勢のまま地面にへたり込み、あっけに取られたような表情で俺を見つめていた。俺の指示したこととはいえ、メイサがほかの男の腕に収まっているこの状況は、正直気分のいいものではない。もちろん、おくびにも出さないが。

長い間の後で、先に震える唇を開いたのはヴァーデンだった。

「……おい、アズフィール。その強さはおかしいだろう」

メイサの肩に回していた腕を解きながら、ヴァーデンは苦い表情で告げる。

「ん？　お前こそ、以前剣の腕について『負け知らずだ』と豪語していたというのに、なんだあのへっぴり腰は？　素人ばりに腰が引けていたぞ。網状の捕具にもあっさり引っかかっていたしな。ずいぶんと話を盛ったものだ」

「違う！　高等学院の剣術大会レベルであれば、私とて敵なしだ。捕具にしても、玄人の繰り出す暗器に、素人がそうそう対応などできん。お前の腕がおかしいんだ！」

ヴァーデンは衝撃から立ち直ったようで、俺に向かって息巻いた。

たしかに、ヴァーデンの言はそれなりに筋が通っている。剣にしても、不測の事態への対応力にしても、俺の腕が学院で習うたしなみのレベルを超えているのだ。

「まぁ、一理あるな」

「まったく、君ってやつは本当に末恐ろしい男だよ。その様子だと、もう水も汲み終わっているのだろう？」

「あぁ、神殿にはもう行ってきた。水はここにある」

小瓶をしまった懐のあたりを示しながら答えた。

「やれやれ。君を助けに来たはずが、逆に助けられてしまうとは。これでは私たちはいったいなんのために来たのかわからんな」

ヴァーデンが肩を落としてこぼした『助けに来た』の台詞に、ピクリと肩が揺れた。

メイサの悲鳴を聞き、心臓が止まりそうになった。そうしてヴァーデンの背中にかばわれたメイサを見つけた時、彼女の無事にホッするのと同時に、苦い思いが胸に湧いた。

メイサがこんなところまでやって来るには、なにかしらの理由があったに違いない。

もしかすると、彼女の行動には刺客の件が関わっているのかもしれないと理性の部分でわかっていた。しかし、メイサがほかの男を頼り、その男とふたりでやって来た事実が俺を苛立たせ不快にさせていた。

「……ところで、ふたりはどうしてこんなところに？」

尋ねる声は自ずと低くなり、わずかに険を帯びた。

……俺はこんな状況でなにをこだわっているんだ⁉

ちゃんと頭ではわかっているのに、メイサのこととなると、ちっとも冷静でいられない。なんと狭量で嫉妬深い、情けない男だ……。

自分で自分が情けなく、ワシワシと頭をかきながら視線を落とした。

――バフッ。

なっ？　ストロベリーブロンドの髪がふわりと視界をかすめたと思った。直後、腹にバフンッと衝撃を受け、慌てて両腕で抱き留める。

見下ろすと、メイサが俺の胸にしがみつき、涙をいっぱいためた目で見上げている。

「……無事でよかった！　私、あなたになにかあったらと思ったら、生きた心地がしなかった……っ！」

苦しいくらいの力で俺に抱きつき、声を震わせるメイサ……。目にした瞬間、苦しいほどの愛しさが胸を焼く。先ほどまで胸にはびこっていたマイナスの感情が、一気に吹き飛んでいくようだった。

俺はつき動かされるように、グッとメイサを懐にかき抱いた。

「メイサ。今の言葉はそっくりそのまま君に返す。君の悲鳴を聞き、生きた心地がしなかった。君が無事でよかった……！」

真に危険だったのは俺ではなく、敵に囲まれたメイサたち。どんなにか恐ろしかっただろう。しかしメイサは自分のことよりも俺の無事を喜んで涙する。そんな彼女が健気で愛おしくて堪らなかった。

「アズフィール様っ」

「メイサ……」

俺たちは固く抱き合って、しばし互いの温もりを伝え合った。

第七章　転生令嬢と王太子殿下の十年前の真実

イザベラ様が刺客を放ったと知り、必死になってアズフィール様の後を追った。だけどアポロンの飛行は速く、結局密林に着くまでに追いつくことはできなかった。

やむを得ず、私とヴァーデン王子はアズフィール様の後を追って沢沿いに歩いて神殿を目指した。その最中、迂闊にも刺客と鉢合わせしてしまい絶体絶命のところを、颯爽と現れたアズフィール様が助けてくれた。

戦闘の最中、ヴァーデン王子が自分の袖で私の視界を塞ごうとしてくれていたけれど、私はわずかな隙間からすべて目にしていた。恐ろしくなかったと言ったら嘘になる。だけど、目にも留まらぬ華麗な太刀筋《たちすじ》で次々と刺客を切り伏せていくアズフィール様の姿は軍神かと見紛《みまが》うほどに凛々しく、私は彼の勇姿に見入った。同時に、言いようのない安堵が胸に広がっていくのを感じた。

そうして気づいた時には、彼の胸に飛び込んでいた。

アズフィール様を追ってきたのは最善の選択ではなかったかもしれない。だけど、彼の命が危ないと思ったら、とてもではないが冷静でいられなかった。考えるよりも先に体が動いていたのだ。

アズフィール様が無事で、本当によかった……！

アズフィール様の腕に包まれて彼の鼓動を感じながら、まだ見ぬ神に感謝を捧げた。

「……コホン」

ん？

ふわふわとした心地でアズフィール様の温もりに包まれていた私は、横から聞こえてきたわざとらしい咳払いにハッとした。

「おふたりさん。取り込み中のところ悪いんだけど、さすがにそろそろ戻らないと日が暮れるよ？」

ぴゃぁああっ！

「そ、そうだったわね！」

若干あきれを含んだヴァーデン王子の声に、弾かれたようにアズフィール様の腕の中から飛び退いた。

「チッ」

アズフィール様の方から舌打ちみたいな音が聞こえたような気もしたけれど、きっと気のせいに違いない。

「おい、アズフィール。せっかく君の窮地を助けに来てやったというのに、その態度はいかがなものかと思うぞ」

「ハァ。結果的に助けられていたのはどっちだ？　俺が駆けつけなかったら危なかったぞ。……もっとも、俺がいなければ、そもそもお前たちが後を追って危険に飛び込んでくることもなかったのだろうがな。まぁいい、ひとまず麓に戻ろう」

アズフィール様はため息交じりにこぼし、私に向かってスッと手を差し出した。

「さぁ、メイサ。俺に掴まっておくといい」

山道は足もとが悪い。加えて急いで王宮から飛び出してきたため、私の靴は王宮にいた時のまま。シンプルではあるが、履き口の浅い靴はお世辞にも山歩きにはふさわしいとは言えない。ここに至るまでの道のりも、正直、歩くのに難儀していたのだ。

「ありがとう」

素直にアズフィール様の手を取る。

ヴァーデン王子はピタリと寄り添って歩き出す私たちを見て、意味ありげにヒョイと肩をひとつすくめ、一歩うしろに続いて歩きだした。

「それで？　君はなにを知り、ここまで来るに至ったんだ？」

アズフィール様の問いに、私は長い間を置いて口を開いた。

「庭で偶然、イザベラ様とセルジュのやり取りを聞いてしまったの。そこで、あなたに刺客が放たれたと知って……」

これを告げるのは、精いっぱいの勇気だった。バクバクとうるさいくらい心臓の音が鳴っている。

おそるおそる隣のアズフィール様を見上げた。

「イザベラ姉上が俺を……？」

アズフィール様は目を見張り、愕然《がくぜん》とした様子でつぶやく。

それを見るに、アズフィール様はイザベラ様を欠片《かけら》も疑っていなかったらしい。

以前アズフィール様が言っていた通り、ふたりの仲はよくも悪くも『普通』であり、命を狙われたことはアズフィール様にとって予想外。かなり衝撃を受けているようだった。

彼の内心の動揺や痛みは察するにあまりある。私はかける言葉が見つからなかった。

「……そうか。そうだったのか」

アズフィール様は一度グッと目をつむり、自分自身に言い聞かせるように口にした。

この瞬間、アズフィール様が胸でなにを思っていたのか、私には想像も及ばない。

彼の心が傷ついて泣いているような気がして、私まで泣きたい気持ちがした。

「メイサ、君には嫌な役目をさせてしまったな」

目を開いたアズフィール様は、しっかりとした口調で告げた。

「そんなことは……！」

「ありがとう、メイサ」

首を横に振る私に、アズフィール様は静かに言って、繋いでいた指に力を込める。

私もキュッと握り返して応えた。

それっきりアズフィール様は唇を引き結び、言葉を発しなかった。一歩うしろを進むヴァーデン王子も私たちの会話が聞こえていただろうに、なにも言ってこない。

土を踏む三人の足音だけが、周囲に響いていた。


木々が割れ、前方に麓の村が見えてくる。

「予想より早く戻れたな。これならアポロンを飛ばせば、日暮れ前に王宮に着けるだろう」

まだ十分高い位置にある太陽を仰ぎ見て、アズフィール様が告げた。

「ええ」

アズフィール様の声が普段の調子を取り戻していることに、私は少しだけホッとしていた。

「やれやれ。やっと林を抜けたと思ったら、今度はここから王都までか。先は長いな」

ヴァーデン王子が一歩前に踏み出してきてアズフィール様の横に並び、少しげんなりした様子でこぼす。

「ところで、メイサたちはどうやってここまで来たんだ？」

「お祖父ちゃんが王宮にドラゴンで来ていたから、それを拝借してきたの。会議を終えたお祖父ちゃんは、自分が乗ってきたドラゴンがいなくなっちゃって、今頃ドラゴン舎で立ち往生しているかもしれないわ」

「そうか、ヴェラムンド伯爵のドラゴンを飛ばしたか。……そういえば、これまで伯爵のドラゴンを見る機会はなかったな。何色のドラゴンを所有しているんだ？」

「銀色ドラゴンよ。でも、金色クラスにだって負けないくらい賢くて、とっても速く飛べるの。ただ、お祖父ちゃん同様に高齢に差しかかっていて……。今回はずいぶんと無理をさせてしまったわ」

心配する私をよそにジジは平然と飛び続けてくれたけれど、麓に着地させた時にはさすがにぐったりしていた。

「そうか。ならば帰路は、メイサは俺とアポロンに乗るといい。乗る人数を減らせば、ドラゴンの負担も軽減する」

「なんだ、私がドラゴンにひとり乗りをするのか？　普通に考えたらメイサ嬢の実家のドラゴンなんだから、メイサ嬢がひとりで——い、いやっ！　メイサ嬢、帰りはぜひ、私に君のドラゴンを貸してほしい。ものすごく、ひとりで乗りたい気分なんだ！」

アズフィール様の提案にヴァーデン王子がすかさず反応したが、アズフィール様の顔を見た瞬間、なぜか王子はビクンと肩を揺らした。そうしてひどく慌てた様子で前言を覆《くつがえ》し、自身のひとり乗りを主張した。私の位置からはちょうど死角になっており、アズフィール様がどんな表情をしていたのかは見えなかった。

……突然ひとり乗りを訴えてくるなんて、変なヴァーデン王子。

ともあれ、よく訓練されていて気性も優しいジジは、私が頼めば初対面の人でも嫌がらずその背に乗せてくれる。とくにヴァーデン王子は往路で乗っているから、彼ひとりでも問題ないだろう。

「ヴァーデン王子がそんなにひとり乗りがしたいなら、もちろんかまわないけれど」

「ありがとう、メイサ嬢！　これで命がつながっ……いや、楽しい空の旅が満喫できそうだ！」

ヴァーデン王子は胸に手をあてて、大仰なくらいホッとした様子を見せた。

「アズフィール様。そういうわけで、申し訳ないけれど帰りはアポロンに同乗させてもらうわね」

「ああ」

アズフィール様はヴァーデン王子から私に目線を戻し、満面の笑みでうなずく。

「アポロンは村の端の川辺で待たせている」

「あら、私のドラゴンも川の近くにいるはずよ」

「そうか」

アズフィール様の神殿参拝は公式に告示していなかったが、麓の村に帰り着くと村長のほか、村の有力者数人がアズフィール様の出迎えに立っていた。

アズフィール様は全員に向け、滞りなく秘泉の水を汲み終えたことを報告した。そうして去り際、アズフィール様は村長だけを呼び寄せ、二、三耳打ちする。村長は一瞬だけハッと目を見張り、すぐに表情を引きしめて応えていた。

……おそらく、アズフィール様は刺客の収容など、秘密裏に事を進めておくように頼んだのだろう。

その後、私たちはすぐに村の端の川辺に向かった。すると、草場の中に気持ちよさそうに体を伏せた金、銀二色の背中が見えてきた。

どうやら二匹は意気投合したらしかった。

「アポロン！」

「ギュァ」

アズフィール様が手前で背中を丸めていたアポロンに呼びかけたら、アポロンは龍首を上げてこちらを振り返った。

「ジジー、お待たせ」

続いて私も、アポロンの奥にいるジジに向かって声を張る。

「キュガァ」

ジジが返事をしながら体勢を起こす。次の瞬間、アズフィール様はひどく驚いた様子でジジを仰ぎ見た。

「なっ⁉ お前は、あの時のドラゴンじゃないか……！」

「なに？『あの時の』って、もしかしてアズフィール様はジジを知っているの？」

「ああ、忘れもしないさ。あれは十年前……いや、もうじき十一年になるか。幼い俺が木の洞に入って遊んでいたら、斜面を落ちてきた岩で入口を塞がれて、閉じ込められてしまったんだ。その時、尾っぽで岩を割って、俺を助けてくれたのがこいつだ。間違いない！」

「へー……って、あら？　変ね。私もそれとよく似た状況に居合わせたことがあるわ。ブロームとふたり、お祖父ちゃんに内緒でジジに乗って樹林公園に行ったのよね。そうしたら、ひとつふたつ年上のそれはそれはかわいらしい少女が洞に閉じ込められていて。それで、ジジに助けを求めて岩を割ってもらったのよ」

話しながら、当時出会った少女を脳裏に思い浮かべる。

たしか少女の格好は、私と似たり寄ったりだった。首もとにリボンがついたフリルのブラウスに、足もとは長ズボンと長靴。そして少女自身は、肩に流した艶々の黒髪と澄んだグリーンの瞳が印象的な美少女で、私はひと目見て、なんてかわいい子なんだと驚いた……ん、待てよ？

今思うとあの時の女の子って、髪の色といい瞳の色といい、アズフィール様にそっくりじゃなかった？

いや、だけどあの子は少女だったはずで……ううん、本当のところはわからない。そのくらいの年頃の性差など、まだあってないようなもの。肩に下ろした長い髪とかわいらしい顔を見て、私が先入観でそう思い込んでいただけだ。最近はあまり見ないけど、昔からの風習を重んじて男児の髪を伸ばしている家もまれにある。

しかも、自分がズボン姿だったから違和感がなかったが、よくよく考えてみると、ズボンをはく女の子なんてそうそういやしないのだ。

「もしかして、あの時の女の子ってアズフィール様⁉」

「まさか、あの時の少年は君か⁉」

私の声とアズフィール様の声がピタリと重なった。どうやらアズフィール様も私と似たような想像を巡らせていたらしい。

私たちはお互いに目を見開いて見つめ合い、現在の姿に当時の面影を探した。

……あぁ、間違いない。

見れば見るほど、あの時の少女はアズフィール様だったのだと、確信が深まっていった。

「なんだなんだ？　ふたりは以前からの知り合いだったのかい？」

これまで私たちの様子を黙って見守っていたヴァーデン王子が声をあげた。

「ああ！　どうやら俺たちは、そうと知らぬまま出会っていたようだ。幼いメイサたちと過ごしたあの時間は、俺にとって宝物だった。そしてあの時の出会いが、俺のその後を大きく変える契機になった」

アズフィール様の台詞にこもる熱量の高さに、私の胸にも熱が灯る。

「あれは、アズフィール様だったのね。長い髪とかわいらしい顔立ちから、てっきり女の子だと思っていたわ」

「俺もてっきり少年だとばかり思っていた。……まさか、年頃に差しかかった貴族の少女が、短髪にズボンの姿でいようとは想像できなかった。さらにその子はドラゴンを乗り回し、立ち入り禁止の場所を我が物顔で練り歩いていたんだからな。……そうだったのか、あれは君だったんだな」

「ええっと、当時は少しばかり活発だったのよ」

しみじみと言われてしまった私は、居心地悪くちょっと早口で答えた。

新緑がまぶしい初夏のあの日。私は六歳になる直前で、ヒラヒラした格好でおしとやかに過ごすより、短髪、ズボン姿でブロームたちと外遊びをしている方が楽しかった。とはいえ、さすがに周囲の目も厳しくなってきており、ちょうどあの頃を境に髪を伸ばし始め、スカートをはいて過ごすようになったのだ。

「ブロームの意味ありげな台詞にもこれで合点がいった」

「え？」

「いや、独り言だ」

アズフィール様は緩く首を振り、言葉を続けた。

「なにより俺の中では、あの時の少年は金髪のイメージが強かった。おそらく、光の加減などで違《たが》えた印象を抱いていたのだろうがな」

「あ、それは間違いじゃないわ。私、当時は金髪だったのよ。だけど成長に伴って段々、色味が変わってきてしまって。今じゃこんな色になっちゃったけれど」

「こんな？　馬鹿を言うな。華やかで、とても綺麗な色だ。俺はその髪色がとても好きだ」

ことのほか強い瞳と口調で言いきられ、驚くと共に胸がドキドキと早鐘を刻みだす。頬は熱を持って火照っている。

「……あ、ありがとう」

真っすぐに告げられた賛辞がこそばゆくて、アズフィール様の顔が直視できずうつむき加減に告げた。

「へぇ、メイサ嬢は以前は金髪だったのか」

「ええ。前はちょうどヴァーデン王子のような金色だったの。……あ、そういえばこの間、鍼の施術の時に気づいたんだけれど、ヴァーデン王子もサイドのあたりに少し赤みがある毛筋が交じっているのね。私も初めはそんな感じで、成長と共にそれが徐々に頭部全体に広がっていった感じよ」

「……そうだったんだね」

ヴァーデン王子はちょっとの間を置いて、神妙な様子でうなずいた。

私の横ではアズフィール様がジジに向かい合い、鼻先をなでながら話しかけている。

「ジジ、その節は世話になったな。あの時の礼は、王宮に帰ったら改めてさせてもらおう。それから、帰りはメイサを俺のアポロンに同乗させる。すまんが君は、ヴァーデンを頼む」

「キュガァ」

「さぁ、メイサ。おいで」

「え、ええ」

ヴァーデン王子の表情が少し気になったけれど、先にアポロンの背に乗り上がったアズフィール様に手を差し出され、私はその手を取った。

逞しい腕にグッと引き上げられて、アズフィール様の胸にすっぽりと抱きすくめられる。すべての感覚がアズフィール様に向かい、ヴァーデン王子に対して覚えたわずかな違和感は、意識の片隅に消える。

私はアポロンの背上でアズフィール様と身を寄せ合い、普段よりも速い鼓動を感じながら、青空へ飛び立った。

＊＊＊

アポロンの背に乗って、メイサを両腕に抱き、心地いい春の風を頬に受けながら空を飛ぶ。斜めうしろには、やや硬い表情でジジにまたがるヴァーデンの姿があった。

……俺は二度、メイサに救われたな。

一度目は、七歳の頃。あの時の金髪の少年がまさかメイサだとは夢にも思わなかったが、いったんそうと知れば、なぜ気づかなかったのか不思議なくらいストンと納得できた。

幼い俺の心にキラキラとまぶしい記憶を刻んだメイサ。十年後、美しく変貌を遂げたメイサが俺の前に降り立って、華麗な手技で俺の命を救った。

……いや、それだけではない。今この瞬間も、メイサの存在に救われているのだ。

刺客を差し向けたのが姉のイザベラだと聞かされた時、地面が足もとからガラガラと崩れ落ちてしまいそうな恐怖と絶望が俺を襲った。

特段、仲のいい姉弟ではなかったかもしれない。しかし、姉に手を引かれて庭を歩いたこともあれば、遊んでもらった記憶もたしかにあったのだ。

王族にあっては珍しく恋愛結婚をした父母は夫婦仲がよく、とりわけ一家円満を心がけた。多忙の中でも、ふたりは決して育児を養育係任せにはしなかった。体調を崩した母が普段の生活拠点を離宮に移し、姉たちも多くが嫁いだため、今でこそ団らんの時間はないに等しいが、両親と姉たちと共に俺は温かな幼少期を過ごしてきた。

俺にとって、姉は血を分けた家族であり、信頼に足る相手だったのだ。そんな中で聞かされた姉の裏切りはあまりにも衝撃的で、これからいったいなにを信じていいのかわからなくなった。

虚無感と絶望が心を支配して、世界が漆黒に塗られていくかのような錯覚に見舞われる。一寸先も見通せぬ闇が、俺の心をじわじわと蝕《むしば》んでいくのを感じていた。

だが、そんな闇にメイサがひと筋の明かりを灯した。彼女の手の温もりと優しさが絶望にとらわれかけていた俺を引き戻し、まろやかに包み込む。メイサが俺の心を支え、正しい目で未来を見つめる強さを分け与えてくれたのだ。

「メイサ。君はまさしく、俺の女神だな」

「え？　ごめんなさい、アズフィール様。今、なにか言った？」

口内でつぶやいたつもりが、小さく声に出てしまっていたようで、メイサが首を巡らせて俺を振り返る。

「君に助けられたと、そう言ったのさ。俺に刺客を差し向けたのが姉と知り、なかなか平静ではいられなかった。君のおかげで心が保てた」

……たしかに姉の裏切りはショックであり、心に深い傷を残した。だが、俺はもう姉に手を引かれなければ歩けぬ幼子ではない。姉と袂《たもと》を分かち、己の足で歩いていけるのだ。

そして、俺の隣にはメイサがいる――。

「助けただなんて、とんでもないわ。……むしろ、出すぎた真似をしてしまったんじゃないかって、少し後悔してる」

「もし君が俺に伝えたことを悔いているのなら、それは間違っている。俺は刺客の存在に気づいていて、一匹捕まえて口を割らせようと思っていたんだ。姉の件は、君から聞かなくとも遠からず発覚していた。君の口から聞けてよかった」

「……アズフィール様。差し出たことかもしれないけれど、イザベラ様の件はどうするつもりでいるの？　立太子の礼はもう明日だわ」

「不当な手段で王位を奪おうともくろんだ姉が将来の王になるのだけは絶対にあり得ない。姉はこれから、己の犯した罪と向き合わなければならない。ただし、君の言うように儀式を明日に控え、すでに各国高官が王宮に揃っている。ここで王家の醜態をさらすわけにはいかない。父にだけは伝えるが、具体的な処遇の決定などはすべて立太子の礼の後だ」

メイサは俺の答えに重くうなずいた。

俺は一拍の間を置いて、彼女に告げる。

「メイサ、すべてに決着がついたら君に伝えたいことがある」

メイサがわずかに首をかしげる。その仕草のかわいらしさに、頬が自ずと緩んだ。

「なにかしら？」

俺を見つめるメイサの頬がわずかに朱色を濃くし、その瞳が熱を帯びて潤んで見えるのは、決して気のせいではないだろう。思い上がりではなく、彼女も少なからず俺を男として意識し始めているのは間違いなかった。

一連の出来事を経て、彼女との出会いと十年後の再会は運命だと確信していた。メイサにだけ不快感を覚えずに触れられるのがその証拠。

そしてこの巡り合わせは神が定めた必然で、ふたりの絆《きずな》は永遠に続く宿命なのだ。

「立太子の礼の晩、すべてに方《かた》がついた時に伝える」

明日の晩、メイサに想いを打ち明ける。彼女を専属女官などというかりそめの任から解き、俺の生涯の伴侶として永遠に共に——！

「わかったわ」

メイサは小さくうなずいて、前に向き直る。

俺は愛しいメイサのやわらかな感触と温もりを味わうように、彼女のウエストに回した腕に力を込めた。

第八章　王太子殿下の長い儀式の一日

翌日の朝。いつもより一時間早く、アズフィール様の部屋の扉をノックする。

――コン、コン。

「入ってくれ」

私が薄絹のローブを手に部屋に入ると、アズフィール様はすでに起きて窓の前に立っていた。

朝日を浴びて凛と立つ彼の姿が妙にまぶしくて、私はスッと目を細める。

「おはようございます」

「おはよう、メイサ」

「アズフィール様、十八歳のお誕生日おめでとう」

「ああ、ありがとう」

アズフィール様は、エイル神聖王国の成人年齢である十八歳を迎えた。そして今日、ついに王太子であることを各国に宣明する立太子の礼が開催される。

「今日は素晴らしいお天気ね。まるで、アズフィール様の誕生日を空が祝福している

彼はこの後、儀式に関連した予定が朝から目白押しになっている。

アズフィール様は重要な儀式を前にしてもとくに気負った様子もなく自然体だ。

「ははっ、それはいいな」

みたい」

今日ばかりは、頭髪や身支度も専用の者が整える。私の出番はない。

「アズフィール様、これを」

私はアズフィール様に、これから行う禊《みそぎ》で身につけるローブを両手で差し出した。

「ああ、ありがとう」

片手でローブを受け取るアズフィール様に、励ましの言葉をかける。

「儀式が滞りなく終わりますように。長丁場だけれど、がんばってね」

「メイサ。儀式が無事に終わるよう、君からの加護を俺に分け与えてくれ」

アズフィール様に返された謎の台詞に首をかしげる。直後、アズフィール様が空いた方の腕を私の腰に回したかと思えば、キュッと抱き寄せられる。

「あっ」

アズフィール様の逞しい胸に顔をうずめる格好になって、彼の温もりと香りに包まれた。

昨日も足場の悪い中で手をつないだり、体を密着させてアポロンに乗ったりしていたけれど、こんなふうに明確な意図を持って抱きしめられるのは初めてだ。すっぽりと私を包んでしまう長身と私よりも少し高い体温、鍛え上げられた厚い胸板、私とは違う男らしい彼の匂いがどうしようもなく私をドキドキさせて、まともにものを考えることができない。

「これで儀式の成功は間違いないな」

アズフィール様は戸惑う私の耳もとでささやくと、スッと抱擁を解いた。

私は耳まで熱く、今にも顔から火が出そうだった。アズフィール様はそんな私の様子を見下ろし、やわらかにグリーンの目を細めた。

「今夜は午後九時に。部屋で待っている」

「わかったわ。ラベンダーのお灸を用意していくわ」

「では、いってくる」

アズフィール様は最後に私の髪をいとしげにひとなでし、まばゆい微笑みを残し颯爽と部屋を出ていった。

パタンと扉が閉まった瞬間、火照りがおさまらない頬を押さえ、へなへなとその場にしゃがみ込んだ。

「今のって、いったいどういうこと？」

……ううん、どうもこうもない。アズフィール様は『加護を俺に分け与えてくれ』と、そう言っていた。

私の治癒チートを知る彼は、その延長でなにがしかの御利益を期待し、抱擁という手段を取ったに違いない。

「……でも、最後に髪をなでた時、まるで恋人にでもするみたいな甘い笑みを浮かべていたわ」

ただの専属女官にするには親密すぎるアズフィール様の言動が、私の心を乱した。

時間が経っても、胸の高鳴りはなかなか静まってくれなかった。

立太子の礼の開催に三十分ほど余裕をみて、自室を後にした。

今日はアズフィール様の手配により、祖父母の隣に私の席が用意されているという。

私も今日ばかりは祝賀にふさわしい装いに身を包み、広間に続く廊下を歩いていく。

扉の前に着くといったん足を止め、そっと中を覗いた。

……わぁ、華やかね！

広間の中は、祝賀モード一色だった。

開始時間にはまだ間があるが、各国から招いた王侯貴族や高官らが早々と集い始めており、歓談に花を咲かせている。

王様に普段は離宮で静養中の王妃様、降嫁した王女様方もすでに来ていて、大広間に到着した賓客の歓待にあたっていた。その中にはイザベラ様の姿もある。

少なくとも表面上は、どこを見ても王家の面々に軋轢《あつれき》は微塵も感じられず、円満そのもの。昨日のうちにアズフィール様が、国王様にだけは内々に事情を伝えているはずだったが、王様の表情も威風を感じさせつつも温和そのものだ。

……あら？　あのお顔、どこかで見たような？

陛下のご尊顔をこんなに間近に拝するのは初めてだったが、なんとなく以前にどこかで見たことがあるような気がした。

「やぁ、メイサ嬢」

私が不思議に思って首をひねっていたら、うしろから声をかけられた。

「ヴァーデン王子！」

振り返ると、正装に身を包んだヴァーデン王子が立っている。

「一瞬誰かと思ったよ。ドレスアップすると君はガラリと印象が変わる。いや、実に美しい」

「そんな。ヴァーデン王子ったら、あんまりおだてないでください」

私とヴァーデン王子は扉の前を離れ、いったん廊下の端に場所を移した。

「お世辞なんかじゃないよ。……私はね、最初に君を見た時から気品のある子だなと思っていたんだ」

ヴァーデン王子はひと呼吸置いて、後半の台詞を告げた。私を見つめる彼の目は親しげだ。

「もう、お上手なんだから。でも、ありがとうございます」

真っすぐに告げられる賛辞がこそばゆく、苦笑いで答える。

「……あら？　あそこにいるのって、アズフィール様だわ」

その時、廊下の窓から見下ろした前庭の角にアズフィール様の姿を見つけた。

「なんだって？」

私の声に反応し、ヴァーデン王子も前庭へと視線を向けた。

……儀式の開会を直前に控えたアズフィール様が、なぜこんな場所にいるの？

一緒にいるのは神官長と神官長補佐官だろうか。なんとなく嫌な予感を覚えながら、三人の様子を見つめていた。

すると、補佐官の男性が平身低頭でアズフィール様と神官長に何事か告げた。直後、アズフィール様はひどく慌てた様子で走り出す。神官長たちも大慌てでそれに続いた。

私の場所まで到底会話などは聞こえなかったけれど、三人の尋常でない様子は伝わってきた。

「もしかしたら、なにかトラブルがあったのかもしれない！　私、行ってみるわ！」

言うが早いか、私はアズフィール様に合流するべく、彼らが走っていった方向に駆け出す。

「待って、私も行くよ！」

ヴァーデン王子もすぐに私の後を追ってきた。

私たちはドラゴン舎の前でアズフィール様たちに追いついた。

「アズフィール様！　なにがあったの⁉」

アズフィール様は駆けつけてきた私たちを見て驚いたように目を見張った。

「メイサ！　ヴァーデン！　実は儀式で使う聖水──俺が昨日汲んできた秘泉の水がなくなった。おそらく、何者かに奪われた」

アズフィール様は足を止めずにドラゴン舎の中に進みながら答える。

「なんてことっ！」

「儀式には聖水が必須なんじゃないのか!? 開始までもう時間がないぞ!」

ヴァーデン王子の言葉に、神官長が青ざめた顔で震える唇を開いた。

「面目もございません。こたびの盗難は、すべて秘泉の水を管理していた私の落ち度でございます。この上は、私の命をもって陛下に謝罪を——」

「神官長、今は責任の追及をしている時ではない! 一刻も早く秘泉の水を取り戻すのだ」

アズフィール様は神官長を叱咤する。

「アズフィール様にはなにか策があるのね? それでこの場所にいるのでしょう?」

「ああ。ドラゴンは神の使い、聖獣だ。最も神に近い金色ドラゴン、俺のアポロンがきっと聖水のありかを教えてくれる」

「なるほど! そんな探し方があったのね……!」

思いつきもしなかった方法を伝えられ、目からうろこが落ちた。神官長や補佐官、ヴァーデン王子も目を真ん丸に見開いている。

アズフィール様はアポロンの房にたどり着くと、自らの手で仕切りをはずしだす。

「アポロン、お前に頼みがある」

「ギュァ!」

アポロンは、アズフィール様が端的に事情を伝えると力強くいなないた。

「アズフィール、君に勝算があるのはわかった。だが、開始予定時刻までもう二十分を切っていて、定刻の開催は絶望的だ」

「わかっている。だが、捜してくる以外に手はない」

「しょうがないな、私がなんとかしてやる。私が大広間に戻り、君が来るまでの場をつないでおこう」

アズフィール様がアポロンを連れ、ドラゴン舎の前まで戻ったところで、ヴァーデン王子が告げた。

「ヴァーデン、恩に着るぞ」

「だが、つなぐにも限界はある。それから、これは君への貸しだ。この貸しはいつか返してもらうぞ」

「いいだろう。お前が窮した時、なにを置いても必ず駆けつけよう」

「ははは、それはありがたい。アズフィール、必ず聖水を取り戻してこいよ！」

アポロンの背に乗り上がるアズフィール様に、ヴァーデン王子は鼓舞するように告げて、ひとり大広間へと戻っていった。

「アズフィール様、お願い！　私も一緒に行かせて！」

今まさに飛び立とうとしているアズフィール様に叫ぶ。

「いいだろう。来い、メイサ！」

背上から伸ばされたアズフィール様の腕を掴むと、グンッと引き上げられた。

奪われた聖水を取り戻すため、私はアズフィール様と共にアポロンに乗り、空へと舞い上がった。


アポロンの飛行に迷いはない。アズフィール様の読み通り、アポロンは聖水のありかを把握しているようだった。

そうしてアポロンは、王都のはずれ——貧民街の上空で飛行を止めた。

なぜこんな場所に……？　最初に感じたのは純粋な疑問。アズフィール様も同様に、眉間に皺を寄せて怪訝そうだ。

「ここに聖水があるのか？」

「ギュァ」

アズフィール様の訝しげなつぶやきに、アポロンは前足の爪で、壁が傾き今にも崩れそうな建物を示しながらいないた。

「あの建物か」

「アズフィール様、とりあえず降りてみましょう」

「よし、どこか近くにアポロンを降下させよう。少し西に行くと丘があったはずだ」

ここら辺は細い路地が迷路のように入り組んでおり、アポロンを下ろせるような開けた場所はない。

「アポロン、西に――」

「待って、アズフィール様！　今は丘まで行く時間が惜しい。このまま降りましょう」

「おい!?」

アズフィール様がギョッとした様子で声をあげた。

「アポロン、ギリギリまで高度を低くして尾っぽを下ろしてもらえるかしら？」

「ギュァ」

尾っぽを伝っての乗降は、夜会の日に迎えに来てもらった時もお願いしているから、これで二回目。アポロンは慣れた様子で高度を下げ、地面に向けて降りやすい角度に尾っぽを下げてくれた。

「ありがとう、アポロン！　アズフィール様、先に降りるわね」

「なっ!?　尾っぽを伝ってだと……!?」

アズフィール様のうしろに乗っていたので、私が先に尾っぽを伝い、地面にトンッと着地した。

アズフィール様はひどく驚いた様子だったけれど、すぐに私に続き、地面に降り立った。

「はぁ、まさかこんな乗降方法があったとはな。……いや、そういえば君は、十年前の樹林公園にもこの方法で現れたんだったか」

「便利でしょう？」

「……実におそれ入ったよ。ただし、今後はできるだけ控えてくれたらありがたい。万が一君がすべり落ちたらと思うと、俺の寿命が縮む」

私が得意げに答えたら、予想外に真剣な言葉を返されて少し戸惑った。

「アポロン、すまんが空中で待機を頼む。できるだけ早く、聖水を取り戻してくる」

「ギュァ」

アポロンは『承知した』というようにひと声鳴き、人目を考慮して高度を上げた。

「行こう、メイサ！」

「ええ！」

私とアズフィール様は、アポロンが示した建物に駆けた。

集合住宅と思しき平屋の建物に扉はない。……いや、かつてはあったのだろう。しかし今は長方形に空いた石組みの枠と、蝶番《ちょうつがい》だったのだろうボロボロになった金属の出っ張りだけが残っていた。

建物は石造りで窓が少ない。その上、光源になるものがなく、入口から覗く建物の奥は暗い。

「中の状況がよくわからんな……ん？」

「子供たちの声がするわ！」

建物の奥から、子供たちの笑い声が聞こえてくる。

……本当にここに、聖水があるのよね？

奪われた聖水のありかにはおよそ不釣り合いな賑やかな声を耳にして、胸に疑念が募る。

私とアズフィール様は顔を見合わせた。

「メイサ、君は俺のうしろに」

「ええ」

どういう事情でここに聖水があるのか経緯は不明だ。……いや、そもそも本当にここに聖水があるのか、確証はないのだ。

アズフィール様は腰の剣をいつでも抜ける状態にしつつ、奥に向かって第一声を発する。

「ごめんください！　家人はおられるか？　尋ねたいことがある」

「お待ちください」

アズフィール様の声に、奥から返事があった。まだ若い男性の声だ。

耳にした瞬間、ドクンと鼓動が跳ねた。私、この声を知っているわ……！

「殿下。思ったよりもお早かったですね」

奥から姿を現したのは、銀髪碧眼の美貌の男……っ、やっぱり！

「そなた、姉上の騎士だな？」

「セルジュと申します。殿下の来訪の目的は、こちらでしょうか？」

セルジュがスッと前に差し出した右手。その手には水で満たされた小瓶が握られていた。

……よかった！　聖水を目にしてホッと安堵の息をつく。

捜していた聖水は、形のない水。捨てられてしまったら、それこそ回収など不可能だ。絶対に見つけると意気込んでいたが、内心ではすでに捨てられていやしないかと気が気でなかったのだ。

「わかっているなら話は早い。それをこちらによこせ」

「これをお渡しするには、条件がございます」

アズフィール様も、セルジュがあえて中身を捨てずにいたことから、彼の良心を疑っていないようだ。

アズフィール様は鷹揚にうなずいて、トンッと一歩前へと踏み出した。

「よかろう。そなたにも、いろいろと事情があったのだろう。それを返せば、そなたの罪はすべて不問としよう」

アズフィール様がさらに一歩前に進み、瓶を受け取ろうと腕を伸ばす。

「おっと。それ以上お近づきになりませんよう。手もとが狂って、中を空けてしまうやもしれません」

セルジュはフッと口角を上げて微笑み、これ見よがしに左手で栓を抜き、瓶を傾けてみせた。

アズフィール様はその場でピタリと足を止め、静かに問う。

「俺はそなたに破格の提案をしたつもりだ。この上、なにが望みだ？」

「殿下。きっと、あなたに私の気持ちは永遠にわからない。あなたと私は同じ人間でありながら、その価値には天地ほどの差がある。そしてイザベラ様と私の差も、また同じ。私は永遠に、イザベラ様の隣には並べない。しかし、イザベラ様のうしろに付き従うことだけはできる。そして私は、その場所を誰にも譲る気はないのです」

アズフィール様は、よくわからないという顔をした。

セルジュはさらに言葉を続ける。

「ところで殿下は、ここがどういう場所かご存じですか？」

「最初は集合住宅かと思ったのだが、子供の数がいやに多い。子供を預かって養育する施設かなにかか」

「ご名答です。とは言っても、ここは届け出のある正式な孤児院ではない。もとは空き家で、行き場のない子供らが集まってここを拠点とし、スリや盗みなどで食いつなぐようになった。ここは掃きだめのような場所でした」

「……今は、そなたが支援をしているのか？」

朽ちかけた家屋はそのまま。しかし奥からは子供らの笑い声が聞こえるし、小麦を練って焼いたと思しき香ばしい匂いが残っている。セルジュが告げた『スリや盗みなどで食いつなぐ』とはやや乖離《かいり》した暮らしぶりが想像できた。

「はい。わずかですが礼金を包み、近所の老婆に子供らの世話を頼んでいます。ただし、その老婆も高齢でそろそろ限界に差しかかっている」

王女付きとはいえ、騎士の給金だけで礼金に加えて十人以上はいるであろう子供たちの衣食を維持できるものなのだろうか。

脇に立つアズフィール様の表情を見るに、どうやら彼も私と同じ疑問を持ったようだった。

「私は親に捨てられ、ここで育ったのです。この容姿がお稚児《ちご》趣味の金持ちの目に留まってここを出て、数年その男のもとで過ごしました。地獄のような日々でしたが、飢えることなく最低限の教養も備えられたので、その点は感謝しています」

セルジュは淡々と自身の過去を語る。

「男の死をきっかけにお払い箱となり、食いぶちを確保するため見習い騎士として騎士団に入団しました。幸い剣には適性があったようです。ほかにもいろいろな縁があって十年前にイザベラ様の騎士に就任しました。こんな私ですが、ここの子供たちから見ると、成功者の象徴のようなのですよ。子供らの期待は裏切れませんからね、できる限り援助を続けてきました」

「もしや、姉上も支援に協力しているのか？」

「……あるいは、間接的に支援していると言えるかもしれません」

セルジュは少し考えるようにして答えた。

「イザベラ様は肌触りに人一倍こだわられる。一度ということはありませんが、リネン類は数回使うと新しい物に交換なさいます。そして美食の上に小食で、各所から集めた多くの食べ物が日々廃棄に出されております。後はそうですね……」

セルジュはいったん言葉を途切れさせ、少しの間を置いて再び口を開く。

「イザベラ様は脂肪分が多く含まれているからとミルクを飲みませんが、ミルクを湯水のように使って毎晩風呂に浸かる。これらの習慣はすべて、巡り巡って支援と言えなくもないでしょうか」

「どういう意味だ？」

「まさか、そなたは姉上の残り湯を……いや、残ったミルクまでここの子らに与えているのか⁉」

「だったらなんだと言うのですか？　貧民街の実情も、飢えのなんたるかも知らぬ殿下に、この件について意見してほしくありません」

口調こそ丁寧だが、セルジュがアズフィール様に向ける瞳は不遜だった。

「セルジュ、それは違うわ」

どうしても口を挟まずにはいられなかった。私は一番近くでアズフィール様を見ているからこそ、彼が痛いくらいに国を思い、政務に向き合っていることを知っている。

飄々として涼しげな表情の下で、アズフィール様は誰よりも熱く国と国民を思っているのだ。

「アズフィール様は貧民街の実情をよく把握している。そうして改善に向け、議会での討議を進めているわ」

「……ほう。では、殿下は今後、ここをどうなさるおつもりですか？」

「届けを出し、早急に行政の管轄下で運営できるようにする」

アズフィール様の答えに、セルジュは鼻白《はなじろ》んだように口もとをゆがめる。

アズフィール様の回答は教科書通りだ。もしかするとセルジュには、それが不満だったのかもしれない。

「ただし、届けが受理されて正式な職員が就任するまでには時間がかかる。慈善活動に熱心なヴェラムンド伯爵夫妻に、一時的な支援を願う。本来なら俺が動くのが筋なのだろうが、王子である俺が直接介入しては秩序を乱す。国家としての正式な救済ではないが、目の前で困っている民がいるのだ。ここは人の善意に頼り、目の前の困窮に対処する」

続くアズフィール様の言葉にセルジュはわずかに目を見張り、次いでフッと細くした。その表情は、満足げに見えた。

「耳触りがいいだけの正論は好きではありませんが、殿下の口からその言葉が聞けたのなら十分です。よろしいでしょう。その実行を条件に、これは殿下にお返しいたしましょう」

「条件は受け入れた、早急に実行しよう。して、そなたの望みというのはなんだ？ ここの件は、望みとは違うのだろう」

「その前にひとつ、伺わせてください。殿下は昨夜、陛下に対し内々に告げられたはず。今後、イザベラ様の処遇はどのようになりそうでしょう？」

セルジュは聖水を廃棄せずにいた。そして、昨日の暗殺計画の失敗をあたり前のように語ってみせる。

この段階になると、セルジュにアズフィール様暗殺をやり遂げるつもりはなかったのではないか、私はそんなふうに思い始めていた。おそらくアズフィール様も同じだろう。

「まだ確定ではないが、おそらく北の城塞に送られることになる」

「では、そこに私を同行させていただきたく。それが私の望みでございます」

セルジュは躊躇《ためら》いなく答え、瓶に栓をはめてアズフィール様に向かってスッと差し出した。

「……セルジュ、ひとつ聞かせて。あなたの生い立ちを考えると、イザベラ様とあなたの間には大きな隔たりがあるように思えてならないわ。主従としての忠義があるにしても、流刑地《るけいち》にまで同行しようとするのはどうして？」

「憎悪と憧憬《しょうけい》は、紙一重。……これが、十年を経てたどり着いた結論です」

「え？」

セルジュの言葉は予想外のものだった。

私はセルジュが、自身の不遇な生い立ちや人生と対極の場所のいるイザベラ様に対し、復讐をしているのかもしれないと考えた。しかし、セルジュの答えはそうではなかった。

「初見の時からイザベラ様は驚くくらいに傲慢で残酷でした。そして己の欲望にどこまでも正直で、私は就任直後から殿下の暗殺を指示され、手配を担わされていました」

聖水を受け取ったアズフィール様が、険しい顔で口を開く。

「これまで毎回、俺の暗殺計画が失敗になるようそなたが手回ししていたのか？」

「メイジーの町で、殿下が瀕死の重傷を負われた時は驚きました。あえて落石を殿下から逸らしたはずでしたのに、まさか若夫婦を助けようとは予想外でした。ですが、そんな殿下のお人柄を知るにつけ、私は次代の王はあなた以外にあり得ないと確信しました」

ここでセルジュが、アズフィール様から私に目線を移す。

「メイサ様と言いましたか。あなたのおっしゃる通りです。イザベラ様と私の間には大きすぎる隔たりがあり、決してわかり合えない、永遠に相いれないと私自身思っていたのですよ。それなのにいつしか目が離せなくなって、気づけばいつだってイザベラ様の姿を追いかけている自分がいました」

かつてセルジュに対し、イザベラ様以上に不気味だと感じた理由が今、わかったような気がした。

「本音を言うと私自身も少しこの感情を持てあましています。ただ、怒りとか憎しみとか、そういったものを飛び越えて、あの方の存在が私にはまぶしい。私には永遠に届かない憧れなのだと、いつしかそう理解しました」

……セルジュは、恐ろしいほど一途なのだ。理屈や常識、そういうものの概念を飛び越えて、いっそ不気味なほどイザベラ様に心酔している。

一見、道理の通らない感情にも思える。だけど、心は理屈じゃない。これがセルジュの愛の形なのだ――。

「そう。……あなたにそうも想われて、イザベラ様は幸せな方ね」

「どうでしょう。あの方はおそらく、何度もしくじってばかりのふがいない私に不満をためておられますよ」

……そうだろうか。イザベラ様はよくも悪くも冷酷だ。本当にセルジュが不満なら、いっさいの躊躇なく切り捨てているのではないかと思った。

「セルジュ、そなたの望みはわかった。北の城塞への同行者に、そなたが選出されるよう手配しよう」

「ありがとうございます。イザベラ様は私が生涯ただひとりと誓った主です。しかし、あの方の頭上に宝冠はふさわしくない。……宝冠は殿下の頭上にこそふさわしい。アズフィール王太子殿下、あなたの御世に幸多からんことを」

セルジュは膝を折り、深々と頭を下げた。

聖水を取り戻した私たちは、建物を飛び出した。

「アポロン！」

「ギュァ」

アズフィール様が上空高くを旋回していたアポロンを呼ぶ。アポロンはすかさず高度を落とし、尾っぽを下げてくれた。

「あの男とブロームは、少し似ている気がするな」

尾っぽを伝いながら、アズフィール様がぽつりとこぼした。

「え？」

ここでブロームの名前が出てきたことに首をかしげつつ、私もアズフィール様に続いて尾っぽを登る。途中で、先に背中まで上りきったアズフィール様にグッと引き上げられて、私もアポロンの背中にまたがる。

私たちが乗ったのを確認すると、アポロンは王宮に龍首を定め、翼をはためかせた。

「ねぇアズフィール様、さっきブロームって言っていなかった？　ブロームがどうかしたの？」

アポロンの背上で風を切りながら、アズフィール様に尋ねた。

「いや、なんでもない。こうして無事、聖水を取り戻せてよかった。姉上に心を奪われた奴が、姉上の望み通り王位に就かせようと行動しなかったのは、不幸中の幸いだったな」

「そうね。セルジュが良心のある男性で本当によかったわ」

「……良心？」

私の言葉に、アズフィール様は首をひねった。

「私、なにかおかしいことを言った？」

「いや、もちろん奴は良識を備えた男で、俺への王位を願う言葉にも嘘はないのだろう。だが、奴の本心はもっと単純なのではないかと思ってな」

「え？」

「きっと、嫉妬したのさ。王位に執着する姉上は、他家への降嫁をかたくなに拒んできた。しかし、王太女となれば話は違う。即座に、王配になるにふさわしい男との縁談が組まれるだろう。奴は王配になれる身分ではない。もしかするとセルジュ自身、自覚はないかもしれんがな」

セルジュ自身、イザベラ様を『憧憬』と表現していたし、セルジュがイザベラ様に向ける愛情は、透き通るような綺麗なものをイメージしていた。アズフィール様の見解は、まさに不意打ちだった。

「……嫉妬。そんな考え方もあるのね」

「愛は綺麗なばかりではない。愛した瞬間から、寛容と狭量のせめぎ合いだ。相手の望みをすべて叶えてやりたいと思いながら、一方で、身も心も自分だけに向かせておきたいと望んでしまう」

真に迫るアズフィール様の言葉に、なぜか喉がゴクリと鳴った。

「それは、アズフィール様の実体験なの？」

「そうだな。俺自身、そんな狂おしい愛に日々胸を焼かれていたからな」

「……そう」

アズフィール様の激情に触れて、そわそわと落ち着かない思いがした。同時に、彼がそんな感情を抱いた相手の存在が気になって仕方なかった。

……アズフィール様は『日々胸を焼かれていた』と過去形で語った。アズフィール様の恋はもう、終わったものなのだろうか？

そうこうしているうちに、王宮が目の前に迫っていた。

「メイサ、このまま大広間のバルコニーに乗りつけるぞ！」

二階にある大広間は王宮前庭に面していて、眼下を展望できる広いバルコニーを有している。サイズ的にはおそらくいけるだろうが……。

「まさか、アポロンをバルコニーに着地させる気⁉」

「ああ！　アポロン、王宮のバルコニーに降りる。ゆっくり高度を落としてくれ！」

言うが早いか、アズフィール様は巧みにアポロンを誘導し、正門の上を悠々と越えて前庭をゆっくりと旋回させた。

「おい、あれを見ろ！」

「おお！　アズフィール様が金色のドラゴンに乗って登場されたぞ！」

「なかなか登場されないので不思議に思っていたが、まさかドラゴンで現れる演出であったとは……！」

大広間に集まっていた人々がドラゴンに乗ったアズフィール様に気づき、ワッと沸き上がった。

「アズフィール、やっと来たか……！」

大広間の中央で熱弁をふるっていたヴァーデン王子はこちらを見ると、ホッとした様子で胸をなで下ろした。王子の額には玉のような汗が浮かんでおり、この場をつなぐために相当奮闘してくれていたことが伝わってくる。

アズフィール様は歓声に包まれながら、ゆっくりとアポロンをバルコニーに着地させた。

＊＊＊

予定時刻から数十分が経過してもなかなか儀式が始まらず、大広間には重苦しい空気が漂っていた。しかし、俺がアポロンの背に乗って上空から華々しく登場したことで、会場内の空気は一気に好意的なものへと変化した。

大広間の中央に立っていたヴァーデンは、バルコニーに降りた俺を見て、心底安堵した表情を浮かべた。ここまでなんとか場をつないでおいてくれた彼の功は計り知れず、感謝してもしきれない。

儀式の進行役を務める神官長補佐官は、俺の入場に目を潤ませながら、朗々と儀式の開始を宣言した。進行の隙を見て、取り戻した聖水を渡すと、神官長は声を震わせて俺に感謝を口にした。

その後は滞りなく一連の儀式が進行した。

「これをもって、アズフィール・フォン・エイルをエイル神聖王国の王太子として、ここに宣言する」

儀式の終盤、片膝を突いて頭を垂れた俺に、神官長が聖水を振りかけながら宣明する。大広間内は拍手喝采《かっさい》で沸き上がり、庭から盛大に花火が打ち上げられた。

アポロンに乗ったまま待機していたメイサがすかさず空に舞い上がり、悠々と旋回飛行しながら、次々と打ち上げられる花火と華やかな共演をしてみせた。

――ワァアアア。

王宮とその周辺が、歓喜に沸く。

大広間に居並ぶ参列者のみならず、王宮前に集った多くの国民から惜しみない祝福を受けて、俺は正式な王太子となった。

立太子の礼が無事に終わった後は、休む間もなく昼餐会が催された。立太子の礼では、ずっとアポロンの背上を定位置にしていたメイサも、昼餐ではヴェラムンド伯爵夫妻の隣に座り、ほかの賓客らと話を弾ませている。

「おい、アズフィール。どれだけ待たせたと思っている。私は一気に寿命が縮んだぞ」

食事の後、席移動が可能な歓談の時間になるとすぐに、ヴァーデンが俺のところにやって来て開口一番で告げた。

「すまなかったな、ヴァーデン。だが、お前のおかげで無事に儀式を行うことができた。感謝してもしきれん」

苦笑しつつ、心からの感謝を伝える。

「なに。無事に聖水を取り戻せてなによりさ。……改めてアズフィール、今日は王太子就任おめでとう」

「ああ、次はお前の番だな。ウォールド王国の成人は二十歳だったか、そうすると記念式典は二年後か？」

「……どうかな。そもそも、このまま私が王位に就くのかもわからない」

ヴァーデンの返事は、なぜか煮えきらないものだった。

「そうなのか？　第一王子はお前だろうに」

「まぁ、そうだな。では、記念式典の際は最前列に列席してくれ」

「ああ。その時は必ずメイサとふたり、夫婦で出席させてもらう」

もしかすると、ウォールド王国の内情は俺が思う以上に揺れているのかもしれない。

ともあれ、俺が口を出すのも野暮だ。この話題にはこれ以上切り込まず軽く返すにとどめた。

「おいおい、なにをしれっと『夫婦』だなどと口にしている。メイサ嬢の同意も取りつけぬうちから、まったく気が早い」

「なに、決して早いことはない。俺は遠からず、メイサを妃に迎えるのだからな」

「やれやれ。……アズフィール、メイサ嬢を必ず幸せにしろよ」

ヴァーデンが、ほかの客と歓談するメイサをチラリと流し見て、唐突に告げた。

藪から棒になんだ？　俺はヴァーデンの台詞に首をかしげつつ、真っすぐに答える。

「あたり前だ、誰よりも幸せな花嫁にしてみせる。……おっと、このままいくと俺がウォールド王国に出向くより、お前を結婚式に招くのが先になるか」

「ははは、それもいいな」

ヴァーデンは白い歯をこぼし、薄紅色の目を細くした。

その瞳を見つめながら、ふとヴァーデンの目の色が、どことなくメイサのそれに似ていることに気づく。

そういえば薄紅色の瞳と金髪……とりわけ赤みの強い金髪という組み合わせは、ウォールド王家によく見るものだ。

「どうした？　そんなにまじまじと見つめて……私の顔になにかついているか？」

まぁ、薄紅色の瞳も赤みを帯びた金髪も、そう珍しいものではないか。そんなふうに納得し、緩く首を横に振る。

「いや、なんでもない。それよりヴァーデン、帰国は今日の夕方だったか？」

「ああ。この昼餐の後、身支度が整ったらすぐに発つ」

「そうか、寂しくなるな」

「ははっ！　なに、じきにまた会えるさ。それこそ、君たちの結婚式でな」

その後はヴァーデンと入れ替わりに、降嫁した姉たち、各国の来賓たちから次々に祝いの言葉をかけられたが、イザベラ姉上は自分の席に着いたまま一歩も動こうとしなかった。

その表情はうかがえなかったけれど、うつむいた細い背中を見るに、今は自身の行いを悔いているのかもしれないと思った。

「アズフィール様、本日は誠におめでとうございます」

途中、ヴェラムンド伯爵夫妻が挨拶にやって来た。メイサは、夫妻と一緒ではなかった。不思議に思って会場内を見回したら、メイサは外国からの招待客――それも、年若い貴公子たちに囲まれていた。しかも貴公子の幾人かは、あきらかにメイサに気があるのが見え見えの態度で、俺を苛立たせた。

……クソッ。俺のメイサに馴れ馴れしくするな！

とはいえ、メイサはあんなにも美しいのだ。どうしたって男たちの視線を集めてしまうのは仕方がないと思えた。

「ヴェラムンド伯爵、ありがとうございます」

俺は内心の怒りをグッとこらえ、ヴェラムンド伯爵夫妻ににこやかな笑顔で答える。

「それにしても、立太子の礼にドラゴンで入場なさるとは見事な演出でしたな。いや、あれには驚きました」

「……演出ねぇ？　ふふふっ」

伯爵の言葉を聞き、隣にいた大叔母様がコロコロと笑い声をあげた。

「ん？　どうかしたかい、アマンサ？」

「いえ、なんでもないのよ。ただ、王位継承の関連儀式というのは、とかくトラブルがつき物だから。ねえ、アズフィール様？」

わけ知り顔で微笑む大叔母様を前に苦笑が浮かぶ。今回の一件についてどこまでお見通しなのかは知るよしもないが、ともあれ、大叔母様だけは絶対に敵に回してはいけない。

「大叔母様、王位継承者である俺の周囲にトラブルが多いのは事実です。ですが、これだけは誓います。メイサには、いっさいの災厄を寄せつけません。俺が盾となり、すべての災厄から彼女を守ってみせます」

「嫌だわ。そんなふうに言われたら、思わずあなたに『メイサをお願いね』って言いたくなってしまうじゃないの」

「そうおっしゃってはくださらないのですか？」

「ええ。私の口からメイサの将来について、軽々しく言及することは絶対にしないと決めているの。ひとり娘の縁談を私が強行して進めたために、反発した娘はひとり国外へと飛び出していってしまった」

大叔母様の口から、メイサの母である女性の話が語られたのは初めてだった。大叔母様はさらに言葉を続ける。

「結果的に娘とは和解したし、孫娘のメイサとも出会えたのだから、すべてが悪かったとは思わない。けれどあの時、私が別の行動を選んでいたら、娘は家を飛び出すこともなく、未婚のまま母になる未来とは違う幸せを掴んでいたかもしれない。なんにせよ、孫娘のメイサには、自分の意思で自分の道を歩んでほしいの。すべてはメイサの心ひとつよ」

「なるほど。では、大叔母様を懐柔する作戦はあきらめ、メイサの心を得られるように真心を尽くしましょう」

「まぁっ、そんな作戦を立てていたのね。隅に置けないんだから」

大叔母様は朗らかに笑った。

「ところで、実はおふたりに折り入って頼みがあります」

「おや、なんだろう」

「おふたりが慈善活動を積極的に行っているのを見込んでのお願いです。早急に支援を要する場所があるのですが、詳細については後ほど書面でお知らせさせてください」

「承知しました」

そうこうしているうち、ほかの大臣が俺に挨拶にやって来たので、ヴェラムンド伯爵夫妻との会話はいったんこれで終わりになった。

「なぁアマンサ、君はてっきりメイサをアズフィール様の妃にしたいのかと思っていたよ。メイサを専属女官にと打診された時、真っ先に賛成して、私を丸め込んでしまったんだからね」

「ふふふっ。決めるのはメイサよ。でもアズフィール様は素晴らしい青年だもの、ちょっとくらい援護射撃をしてみせたってバチはあたらないわ」

「ふむ。要するに君は、アズフィール様推しなわけだ」

「いやあね、すべてはメイサの心ひとつよ」

背中から聞こえてきた夫妻のひそひそ話に、自ずと頬が緩んだ。

最終章　転生令嬢は王太子殿下と新たな人生を歩み出す

午後九時ちょうど。

約束通りアズフィール様の部屋を訪ねた。右手に握った鞄には、いつもの鍼灸道具に加え、ラベンダーのお灸が入っている。

——コン、コン。

「入ってくれ」

「失礼します。……アズフィール様？」

「こっちだ」

アズフィール様が奥の長窓から続くベランダに立ち、私を手招いていた。私は室内手前の応接テーブルに鞄を置き、アズフィール様の方に向かう。

「ここにいたのね」

今日のアズフィール様は珍しく正装を解いておらず、普段ならわずらわしいと言ってすぐにはずしてしまうサークレットも、まだつけたままだ。

「少し夜風を浴びて、頭を冷やしたくてな」

私もベランダに出て、手すりに手を置いてアズフィール様と並んで空を仰いだ。

「今日は星が綺麗ね。風も心地いいわ」

「あぁ」

満天の星からアズフィール様に視線を移す。彼の横顔は、あきらかに疲れが色濃かった。

「アズフィール様、お疲れ様でした」

今日は、アズフィール様にとって人生の節目となる記念の日。朝から立太子の礼とその関連儀式で分刻みのスケジュールをこなしていた。

その上、立太子の礼の直前には聖水が奪われる不測の事態も起こった。無事に儀式が閉幕したと思えば、今度は息つく間もなく昼餐が始まり、その後もずっと帰国する外国要人の見送りに追われていた。それこそ目が回るような忙しさだ。

「そうだな。今日はさすがに、少し疲れた」

ちなみに、私もヴァーデン王子の出立にだけは立ち会ったのだが、王子は帰り際に『メイサ嬢、今度一度ウォールド王国に遊びにおいで。その時は、父上と対話する時間も取るよ』と私に言い残し、国から乗ってきた天馬で空に飛び立っていった。

あの時は、別れの雰囲気にのまれるように王子の言葉にうなずいて、手を振って見送ったけど……。

『遊びにおいで』まではわかる。しかし、後になって冷静な頭で思い返すと、どうして隣国のいち貴族令嬢にすぎない私が、国王陛下との『対話』などという話になるのかが謎だった。

……まぁ、きっとヴァーデン王子も別れ際の忙しない中で、言葉選びを違えてしまったのよね。

とにもかくにも、こんなふうにアズフィール様は終日動きっぱなし。疲れるのも当然だった。だが、それらを考慮してもなお今の彼はずいぶんとくたびれて見えた。

おそらく、アズフィール様をここまで困憊《こんぱい》させたのは一連の儀式とは別……先ほどまで行われていた会議なのだろう。

「会議で話はまとまった？」

両陛下をはじめとする王家の面々と重臣たちだけで秘密裏に開かれた会議の議題は、イザベラ様の処遇についてだ。

「ああ。姉上は明日、北の城塞に移る。そうして内々にではあるが、いずれ王籍からはずすことも決まった」

「王籍からの除籍⁉」

「これは、父上が決定した。国民には折を見て姉上の病死を公表し、ひそかに他家の籍に入れる。これで姉上が、王家の血脈に爪痕を残す機会は永遠に失われる」

昨日の刺客の懐には、アズフィール様の暗殺計画について記されたメモ書きが残っていたという。さらにメイジーの町の崩落現場からは、火薬と共に炎石が検出された。火薬こそ廉価品だったが、炎石は一般には流通しない一級品で、イザベラ様がひいきにする商人につながったそうだ。ほかにもイザベラ様がアズフィール様暗殺を企てた証拠がいくつかあがったというのは、昨夜の施術の時にアズフィール様から聞かされていた。

これだけ証拠を並べられては、イザベラ様に反論の余地はなかっただろう。とはいえその処罰は、王都からの追放にとどまると思っていた。それがまさか、王籍からの除籍まで下されるとは想像していなかった。

「イザベラ様は、なにかおっしゃっていた？」

「いいや。会議中は一度も顔を上げず、ずっとうつむいたまま体を小刻みに震わせていた。時々、嗚咽《おえつ》のような声も漏らしていた。……これは想像だが、姉上は俺に合わせる顔がないと、己の行いを恥じ入ったのかもしれん」

「……そう」

私には、イザベラ様がそんな殊勝な心を持ち合わせているとは思えなかったけれど、本当にアズフィール様の言葉通り、反省してくれているならいいと思った。

「代わりに母上が『親として、こんな状況を許してしまってすまない』と俺に頭を下げるんだ。俺は両親に責任があるとは微塵も思っていないのだがな。これには参った」

アズフィール様が、くしゃりと力なく笑みの形をつくって告げる。彼の心がひどく傷ついているのがわかった。

アズフィール様は、はじめは冷静で隙がなく計算高い人だと感じていた。でも、専属女官としてそばで見ているうちに、彼の違った一面が見えるようになってきた。随所から垣間見える彼の優しさはその最たるもの。

そして、きっと彼の本質は皆が思う以上に繊細だ。

「つらかったわね。アズフィール様も、それに王妃様やご家族も」

「だが、これですべて決着がついた。……これでいいんだ」

私には、アズフィール様が無理やり自分自身を納得させようとしているように感じた。裏を返せば、彼は胸に大きなしこりを抱えたままということなのだろう。

「アズフィール様……」

「メイサ、君は温かいな」

「あっ」

アズフィール様はフッと口もとを緩めると、体を傾けて私の前肩のあたりにぽふんと頭を預けた。

彼の髪が頬をかすめ、首筋に吐息がかかる。鼻腔には、香水と汗が混じったような艶《なま》めかしい香りがして、とてもドキドキした。

内心の動揺を抑え、アズフィール様の丸まった肩に腕を回し、いたわるようにそっとさする。すると彼は甘えるように、さらに頭を寄せた。

「君に触れていると、ささくれだった心が和いでいく。……もう少し、このままで」

アズフィール様がこんなふうに、甘えて私に体を寄せてきたのは初めてだった。

密着した体勢もさることながら、常にない彼の弱った様子が私の胸をひどく窮屈にさせた。

「ええ」

そのまま、アズフィール様の肩や背中を優しくさすった。

――カタンッ。

その時、扉の方から小さな物音があがる。

「メイサ！」

直後、アズフィール様にドンッと弾き飛ばされて、ベランダの床に尻もちをついた。

「きゃっ」

咄嗟のことに、なにが起こったのか理解が追いつかない。戸惑いつつ視線を向けたら、私をかばうように立つアズフィール様の背中が見えた。

「馬鹿な真似はやめろ！　そんなものに火をつければ無事では済まんぞ！」

アズフィール様の鋭い声があがる。

……今、火と言った？　いったいなにが起こっているの⁉

「馬鹿な真似？　そうかしら。お前にみすみす王位を奪われるくらいなら、共に死んだって本望だわ」

イザベラ様の声……！

状況を把握しようと体をずらす。すると、アズフィール様の背中越しに、大きな荷物を前に突き出すようにして立つイザベラ様の姿が見えた。

……なに？

目を細め、イザベラ様が手にしたものを認めた瞬間――。

「ヒッ！」

私は咄嗟に悲鳴をのみ込んだ。

イザベラ様は右手で火薬と思しき黒っぽい粉が大量に入った袋を掴み、左手には炎石を持っていた。

「姉上、あなたはなぜそうまで王位に固執するのです？　王位はあなたの人生に幸福を約束するものではない。王にならなくとも――」

「黙りなさい！」

イザベラ様は髪を振り乱し、悪鬼《あっき》のような顔でアズフィール様の言葉を遮った。彼女が漂わせる異様なほどの怒りの波動に、息が詰まった。

「そうやってお前は、なに食わぬ顔をして私からすべて奪っていく」

「奪う？」

「両親の関心も、将来の王の座も、お前が横からかすめ取っていった……！」

イザベラ様はアズフィール様に怨嗟《えんさ》の叫びをぶつける。

「お母様の懐妊を聞かされたのは、女の私でも王になれるよう法改正がなされる直前だった。懐妊の報で、法改正の審議はいったん中断し、お母様の出産を待つことになった。私は、妹ならば誰よりもかわいがる、だからどうか四人目の妹を授けてくださいと、毎日神様に祈ったわ」

イザベラ様の注意は、アズフィール様ただひとりに向いていた。

……なにか、発火を阻止する手はないの⁉

打開の一手を求めて首を巡らせた。その時、ベランダの隅に設置された円形のガーデンテーブルの上に、花が生けられた花瓶を見つけた。

あれだわ！　水をかけてしまえば、火薬は湿って使い物にならなくなる……！

私は広いベランダを尻でずりずりと後ずさる。慎重にふたりから距離を取り、ガーデンテーブルを目指した。

「それなのに生まれたのは男のお前だった。私についていた帝王学の教師は解任され、五年後にお前付きとして戻ってきた。あの時、私がどんなに悔しかったか……。両親は相変わらず優しかったけれど、将来の王として接していたこれまでとは態度が違っていた。私は十八年前のあの日、ほかの妹たちと同列の〝ただの娘〟に成り下がった」

「待ってくれ、姉上！　あなたの気持ちはわかった。だが、決してそれだけではないはずだ。あなたは、幼い俺に優しくしてくれたではないか？　幼い時分、異国の珍しい菓子を分けてもらったり、ドラゴン舎に連れていってもらったり、あなたに優しくしてもらった記憶がたしかに残っている。そうだ、樹林公園で一緒にかくれんぼに興じたことだってあった」

アズフィール様はこの段になっても、姉であるイザベラ様の善の一端を模索しようとしていた。

　私はそんな姿を目にして、やはり彼の本質はとても繊細で、そして家族への愛に深く優しいのだと確信する。アズフィール様の情の厚さが、私にはとても尊いものに感じられた。

「ふざけるな！　やっと入手した遅効性の毒を仕込んだ菓子を渡せば、お前は後で食べると後生大事に取っておいて腐らせた！　調教中のドラゴン舎で、お前が荒ぶるドラゴンに踏みつぶされて死ねばいいと思ったら、お前はあろうことか一番気性の荒い金色ドラゴンを手なずけて自分のものとしてしまった！　樹林公園では岩を落とし、お前を夜行性の毒蜘蛛が住む洞に閉じ込めた。今度こそ死んでくれると思っていたのに、お前はピンピンして日のあるうちに出てきた……！」

　イザベラ様はギラギラと血走った目でなおも言葉を続ける。

「あの時ばかりは、どうしたって怒りが収まらなかった。それまでの周到さなんて頭から吹き飛んで、王宮で妹たちと別れるやお前の首に手をかけていた。子供の首ってね、私の両手の指でも悠々と回ってしまうくらいとっても細いの。ちょっと力を込め続けたら、必死に喉をかきむしっていたお前の手が震えだし、顔色が赤紫になったわ。あと、もう少しだったの。……だけど、セルジュが『直接の手出しはうまくない。宝冠が遠くなる』ってささやくんだもの。思わず手を緩めてしまったわ」

イザベラ様は心底残念そうにため息をついた。

「……そんな馬鹿な」

アズフィール様が愕然とつぶやく。彼はイザベラ様の言葉に衝撃を受けているようだけれど、私は以前、彼の寝言を耳にしている。とくにイザベラ様がアズフィール様に刺客を差し向けたと知ってからは、幼い彼の身に起こったであろうあらゆる事態を想像していた。だから、イザベラ様が弟であるアズフィール様を疎んでいたことはもちろん、扼殺《やくさつ》を企てた事実にすら、今さら驚きはしなかった。

「やっぱりあの時、殺しておくんだった。そうすれば少なくとも、こんなに惨めな思いはしないで済んでいた。……ねぇアズフィール、なんで生まれてきたのよ？　あんなに弟なんていらないって願ったのに」

ふたりをよそに、私は徐々にガーデンテーブルへにじり寄った。そしてついに私の手が、卓上の花瓶に届く。

……よしっ！

花瓶を両手に掴み、ダッと駆け出す。

「お前は、生まれてきたのがそもそもの間違いなのよ。死ね、アズフィール……！」

イザベラ様が左手に握った炎石に念じて燃やす。それが火薬の入った袋の中に落ちる直前――。

――バシャンッ‼

「ふざけないで！　生まれてきたのが間違いだなんて、そんな命はひとつもない‼」
イザベラ様の前に飛び出していって、両手で掴んだ花瓶の水をイザベラ様が握った袋に向かってぶちまけた。

直後に燃焼する炎石が袋の中に落ちるが、私のもくろみ通り火薬は水に濡れて発火には至らなかった。

やったわ！　これでもう心配いらない！

「なっ⁉　邪魔をするな小娘――‼」
火薬さえだめにしてしまえばなんとかなると、私の中に油断があったのかもしれない。そんな一瞬の隙を突かれ、イザベラ様が渾身の力で私に飛びかかってくる。
ドンッという衝撃があった。すべては一瞬の出来事で、なにが起こったのか瞬時に理解が追いつかなかった。
「きゃぁああっ！」
「メイサっ‼」

私はイザベラ様の体あたりを受け、突き飛ばされるような格好でベランダの手すりから落下した……かに思えた。だけど直前で、アズフィール様が上から私の手首を掴んでいた。

「アズフィール様……！」

アズフィール様は右半身を手すりに乗り上げ、ベランダの外に向かって伸ばした右手で私の手首を取っている。

私は危機一髪で落下を免れ、アズフィール様に掴まれた腕一本で宙にぶら下がっていた。二階とはいえ、ここは広い空間設計で作られた王宮だ。チラリと見下ろした地面はかなり遠く、恐怖でクラリと目眩《めまい》がして、すぐに目線を頭上に戻した。

「メイサ、引き上げるぞ！」

アズフィール様が握った手に力をこめる。だけどアズフィール様が引き上げるより前、彼のうしろにヌラリと人影が浮かぶ。

「だめっ！　アズフィール様、逃げて‼」

私が声をあげたのとほぼ同時、イザベラ様が転がっていた花瓶を掴んで、アズフィール様の頭上に振り下ろす。

陶器と頭がぶつかって鈍い音が響くが、アズフィール様は私の手を掴んだまま離そうとしない。

「アズフィール様、お願い離して‼」

「離すものか……君のことは絶対に俺が守る！」

必死に訴える私に、アズフィール様は断固として叫ぶ。

この瞬間に覚えるにはあまりにも不謹慎な感情だと百も承知だ。だけど、彼の言葉に喜びを感じている自分がいた。

「あはっ、あはははは！　逃げないのね⁉　いいわ、なんておもしろいの！　今度こそ死ね、アズフィール‼」

イザベラ様は花瓶をひと際大きく振りかぶり、無防備なアズフィール様の頭上に再び叩きつける。

ところが、イザベラ様が力みすぎたせいか、花瓶のあたりどころがずれた。

「いやぁあああ！」

――ガッシャーンッ。

花瓶はアズフィール様の側頭部――彼がつけていたサークレットの金属部分に直撃して割れ、細かな破片となって落ちた。

イザベラ様は手についた陶器の欠片をいまいましそうに払い、頭をかきむしる。

「おのれアズフィール……っ‼」

半狂乱になって叫ぶイザベラ様の姿は、もう普通じゃなかった。

イザベラ様が声にならない声で何事かわめきながら、突然カッと目を見開く。その瞬間、強烈な違和感を覚えた。

……なに？　イザベラ様のまとう空気が変わった？

イザベラ様は突如としてふわりと表情を緩ませる。

「もういいじゃないの。こうして無事にアズフィールが見つかったんだもの、ねぇ？　さぁ、みんなで帰りましょう」

この場に不釣り合いな優しげな声で、意味のわからないことを言った。

私には意味をなさない言葉だったが、耳にしたアズフィール様の体が不自然にこわばったのを感じた。もしかすると、アズフィール様にはなにか意味のある言葉だったのかもしれない。

イザベラ様は頭をかきむしっていた手を解き、手すりを掴んでいたアズフィール様の左手をそっとなでる。

「クッ‼」

イザベラ様が触れた瞬間、アズフィール様の口から噛み殺した悲鳴が漏れ、体がビクンと大きく跳ねた。

「アズフィール様⁉」

私の手首を掴む指の力こそ緩まることはないが、その体は小刻みに震えている。

……なに⁉　アズフィール様は急にどうしてしまったの⁉

イザベラ様に触れられてから、あきらかに様子がおかしい。それは単に手首を通して伝わってくる体の震えだけでなく、アズフィール様のまとう空気が一変していた。

ここまでの毅然とした態度はすっかりなりを潜め、今は彼がひどく怯えているのがわかる。

「悪い子ね、アズフィール。どうして出てきてしまったの？　かくれんぼはね、見つけてもらうまで出てきてはいけないの。悪い子にはお仕置きが必要ね」

イザベラ様はまるで幼い子供を窘《たしな》めるみたいにささやいて、今度はその手をアズフィール様の首もとへと伸ばす。

「やめてくれ姉上！　次はあなたに見つけてもらうのを待つ、だから……っ！」

唐突に、アズフィール様がイザベラ様に懇願した。

突飛な発言を耳にして、大きな違和感が胸に湧く。同時に、私はふたりの会話からある可能性に思いあたっていた。

もしかしてアズフィール様は、さっきイザベラ様が明かした過去と今の状況を混同しているのではないだろうか……⁉

まがまがしいほどの朱色で塗られた長い爪が、ついにアズフィール様の首にかかる。アズフィール様は顔面を蒼白にして、目で見てもわかるくらいガタガタと激しく体を震わせている。

「だぁめ。いい子だからじっとして？」

イザベラ様は優しげな口調でアズフィール様に語りかけながら、首を掴んだ両手にギリリと力を込めた。

「やめろ！」

アズフィール様が大きな声をあげるが、その様子はあきらかにおかしい。彼が過去と現在をない交ぜにしてしまっているのは間違いないと思えた。

「アズフィール様！　このままじゃあなたが危ない！　お願い、手を解いて！」

イザベラ様の手がアズフィール様の首を圧迫するのを見て、私もまた叫んだ。女の細腕ではたして扼殺《やくさつ》がなせるのかはわからない。だが、アズフィール様の左手がわずかにでも緩めば、彼まで転落してしまう。そんな事態は、絶対にあってはならない！

「お前はもともと、生まれてこなければよかった子なの。大丈夫よ、これで無に帰《き》することができるわ」

「アズフィール様！　このままじゃ、あなたが死んじゃうから‼」

必死に叫んだが、アズフィール様は私の手を離そうとしない。

イザベラ様はグッと前に身を乗り出し、体重をかけて掴んだ両手でアズフィール様の首を絞め上げる。

「死ね、アズフィール」

「……や、やめろ――」

「お願い、手を離してっ‼」

三人の声が重なった。その時――。

「イザベラ様！　おやめください！」

この声は、セルジュ……⁉

「離しなさい、セルジュ！　邪魔をしないで！」

「いいえ！　あなた様にこれ以上罪を重ねさせるわけにはいきません！」

ベランダにセルジュが飛び込んできて、イザベラ様と激しいもみ合いになる。三つの人影が雑多に蠢《うごめ》き、見上げても私の位置からは状況がよくわからない。

「……あっ？」

つながれたアズフィール様の手を通して、大きな衝撃を感じた。

直後、アズフィール様に握られた手はそのままに、体の位置がズルリと下がる。体がふわりと宙に飛び、浮遊感を覚えたのはほんの一瞬で、すぐに全身に猛烈な重力を感じた。

「メイサ！」

「きゃあああ――」

頭上に、私に覆い被さるように落ちてくるアズフィール様の人影を認めた。

あぁ、アズフィール様まで一緒に落ちてしまった。どうか彼だけでも無事で――！

現状を理解して、祈るような思いでギュッとまぶたを閉じた。地面に叩きつけられる直前、アズフィール様に握られたままの左手首を引かれ、広い胸に抱き込まれた。ドスンという打撃を感じたのが最後。意識は、闇にのまれるように途切れた――。

「メイサ。……メイサ」

……ん？　呼ばれている？

誰かに名前を呼ばれているのに気づき、重たいまぶたをゆっくりと持ち上げる。

……えっ？

「よかったわ！　目が覚めたのね！」

お祖母ちゃんとお祖父ちゃん……？

開いた視界に飛び込んできたのは祖父母だった。なぜかふたりは顔をくしゃくしゃにして涙を流している。

「すぐにドクドール先生を呼んでこよう！」

祖父が慌ただしく部屋を飛び出していく。

状況が理解できず、パチパチと目を瞬いた。

「ええっと……。私、どうしたんだっけ……？」

横になっているのは、王宮に与えられた私の部屋のベッド。窓から覗く空は薄っすらと白み始めているけれど、いつ眠ったのか思い出せなかった。

「あなたは昨夜、ベランダから落ちたのよ。王宮からよこされた使者に聞かされて、生きた心地がしなかったわ。怪我がなくて、本当によかったわ」

祖母に聞かされて、ガバッとベッドから飛び起きた。

……そうだ！　イザベラ様とセルジュが上でもみ合いになって、なにかの拍子で手すりを掴んでいたアズフィール様に衝撃が加わってしまったのだろう。そして私は、アズフィール様と一緒に落下した。……だけど地面に叩きつけられる直前で、アズフィール様の胸に抱き込まれた！

「メイサ、急に起きては――」

「お祖母ちゃん！　アズフィール様は⁉　アズフィール様は無事なの⁉」

直前の出来事をすべて思い出した私は、心配そうな祖母の言葉を遮り、はやる思いで尋ねる。

――キィイイ。

「メイサ様。落ち着いてくだされ。アズフィール様なら、隣で休んでおります」

私の質問に、祖父に伴われてやって来た宮廷医師のドクドール先生が答えた。

「ドクドール先生……！」

「アズフィール様はまだ目覚めておりませんが、特段外傷なども……いや。しいていえば、頭にできたたんこぶくらいです。落ちた場所がやわらかな芝生が茂る土の上だったのも幸いでした。少しずれていたら石畳でしたから、本当に危なかった」

「そうですか！　よかった……」

ドクドール先生からアズフィール様の状態を聞いて、ホッと胸をなで下ろす。

「メイサ様は痛むところなど、不調はございませんかな？　どれ、失礼」

先生は私の枕辺まで歩いてきて、ひと声かけてからそっと額に手をあてた。

「大丈夫です。落下の瞬間は、アズフィール様がかばってくれていましたから」

「そうですかそうですか。なに、アズフィール様は日頃から鍛えておるし、こたびもしっかり受け身を取って落ちたようですからな。とくに心配いらんでしょう。メイサ様も熱もありませんし、顔色もいいようでひと安心です」

ドクドール先生は額からスッと手を引いて、柔和に微笑んで告げた。

「先生、アズフィール様のところに行ってもいいですか？」

「それが今しがた、ちょうど助手に着替えを指示したところでして。メイサ様も目覚めたばかりで、喉が渇いているでしょう。香草茶を淹れさせますから、飲んでから行かれるといい」

「……ありがとうございます」

すぐにでもアズフィール様のところに向かいたかったけれど、こう言われてしまってはうなずくしかない。

「あの、イザベラ様とセルジュはどうしていますか？」

運ばれてきた香草茶を飲みながら尋ねる。

「イザベラ様は厳重な見張り付きで自室に戻されました。北の城塞への護送は、予定通り行われます」

「そうですか」

「セルジュは先ほどまで聴取に応じ、落下前のおおよその状況を証言してくれました。イザベラ様の暴挙を止められなかったことを何度も詫びていました。聴取の後は真っすぐにイザベラ様の部屋に向かいましたので、今頃はイザベラ様に付き添っているでしょう」

「イザベラ様は今回の一件について、なにか口にしましたか？」

この問いかけに、ドクドール先生は緩く首を横に振った。

「いえ。そもそもイザベラ様は、到底会話ができるような状況では……」

ドクドール先生の少し遠回しな物言いが気になる。

「もしかして、怪我を負っていたりとか？」

「もちろん外傷という意味では、なにも所見はありません。ただ、ずっと何事かブツブツとつぶやいていて、とても会話になりません。もともと神経質なところがあり、気質の難しい方ではあったが、今は正気すら怪しい状態です」

まさか、あのどさくさの中でどこか負傷したのではないかと思ったが、先生の答えは違うものだった。

「……そうですか」

落下の前から、イザベラ様は普通じゃなかった。ずっと望んでいた王位が永遠に手に入らなくなったことで、心の均衡が保てなくなってしまったのだろう。

「いつか、治るのでしょうか？」

「それればかりは、私にはなんとも。……ですが、時間薬という言葉もございます。今すぐには難しくとも、いつか己の犯した罪に正しく向き合い、反省を得られる日がくると信じましょう」

「はい」

憎しみにとらわれたままでいるのがいいわけがない。イザベラ様自身のためにも、早くそんな日がやってくればいいと思った。

「さて、そろそろ着替えも終わっているでしょう。行ってみましょうか」

香草茶を飲み終わったタイミングで、ドクドール先生が声をかけてくれた。

「では、メイサの無事もわかったし、私たちはいったん屋敷に戻らせてもらうよ」

同室に控えていた祖父母は、いったん屋敷に戻ることになった。

「お祖父ちゃん、お祖母ちゃん、深夜に知らせがいって、ずいぶんと心配させちゃったよね。ごめんね。それから、ずっと付き添ってくれて、ほんとにありがとう」

「なに、メイサが無事だったのだから、それだけでいいんだ」

「そうよ」

「ありがとう。また近いうち、お灸と鍼をしに帰るから」

心からの感謝を伝え、廊下まで出て帰宅していくふたりを見送った。

私はその足で、ドクドール先生とアズフィール様の部屋に向かう。

枕辺に立って見下ろすと、先生の言っていた通り、アズフィール様はまぶたを閉ざしたままだった。

「アズフィール様」

呼びかけてみるが、アズフィール様はピクリともしない。そんな彼の姿を見て、なんとなく胸に不安がよぎった。

「なに。そう心配せずとも、メイサ様とて今しがた目覚めたばかり。アズフィール様もじきに目が覚めるでしょう」

「そうですね。先生、もう少しここにいさせてもらってもいいですか」

「ああ、もちろんかまわんよ」

ドクドール先生の言葉に、それもそうかと思い直し、ベッドの近くに椅子を引き寄せて座る。目覚めを心待ちにしながら、アズフィール様の寝顔を見つめた。

ところが、それから丸一日が過ぎ、再びの夜明けを迎えても、アズフィール様は目覚めなかった。

ベランダの転落から三日目の晩。鍼灸道具の入った鞄を手に、ひとりアズフィール様の寝室の扉を開けた。

真っすぐ奥のベッドに向かい、アズフィール様の寝顔を見下ろす。

彫刻のように整った美しい容姿。……だけど私は、今は閉ざされた長い睫毛のうしろに、ひと際美しいグリーンの瞳があることを知っている。そうして形のいい唇が紡ぐ、耳に心地いいバリトンボイスが恋しかった。

「ねぇアズフィール様、目を開けて？　そして煌くグリーンの瞳に私を映し、『メイサ』と名前を呼んでちょうだい」

シャープな頬を指先でなでながら呼びかけると、アズフィール様のまぶたがわずかに震えた。

「アズフィール様？」

アズフィール様は答えないけれど、彼の口もとがピクピクと引きつるように動いたのを見逃さなかった。

彼は目覚めたがっている。だけどなにがしかが枷となり、彼の目覚めを阻んでいるのだ。

アズフィール様、待っていて！　私があなたを長い悪夢から解放してみせる——！

鞄を開け、中からお灸と鍼、両方の道具を取り出してサイドテーブルに用意する。

準備が整うとアズフィール様の掛布をめくり、夜着《よぎ》の前合わせを解いて上半身を裸にした。

鍼灸の施術の際、仰向けの体勢はあまり取らない。不調箇所として多く聞かれる肩や背中、腰といった部位への施術は、座位またはうつ伏せの体勢で背面に行うことがほとんどだ。

では、仰向けでの施術がないのかと言えば、そうでもない。胸などの前面に鍼灸を施すのは、主に心因性の不調の時。気鬱や落ち込み、そんな心の症状に訴えかけ、解きほぐしていくのだ。

私がこれからアズフィール様に行うのは鍼灸単体の施術ではなく、灸頭鍼。症状の緩和を超えて、彼の心をすべての呪縛から解放する——！

私は金属製の小皿から鍼を掴み、胸部を中心に刺し始めた。合わせて五本の鍼を打つと、鍼柄の部分に丸めたポポをのせて、順番に火をつけていった。

ラベンダーのフローラルな香りとポポのフルーティーな香りに、徐々にポポが燃焼で発生させる清涼感が加わってくる。その香りが一気にフワッと広がったのを感じた。

直後、ポポが白く煌く光の粉を振りまきながら虹色のつるりとした球体に変わる。

かつての灸頭鍼で感じたことのない圧倒的な光量に目がくらみ、反射的に細くした。

薄く開けたまぶたの隙間から、五個の虹色の球体を中心に幻想的な白い光が立ちのぼっているのが見えた。光は複雑に折り重なり、ゆらゆらとベールのように揺らめく。

ゴクリと喉をひとつ鳴らし、固く両手を組み合わる。

「アズフィール様、あなたが私を守ってくれたように、今度は私があなたを守るわ。何人《なんぴと》にも傷つけさせない。あなたには、私がついている！　だから戻ってきて――！」

いまだ目覚めぬアズフィール様を見つめ、まばゆい光の中、祈りを込めた。

＊＊＊

……やめろ。

『弟なんていらなかった』

脳内にはずっと、姉上の怨嗟の声が響いていた。

『死ねばいい』

とめどなく聞こえてくる呪いの声が、じわじわと俺の心を侵食していく。

俺は必死になって逃げるのだが、真っ赤に塗られた赤い爪が四方から迫り、俺を追いつめる。

振り払っても、振り払っても、不気味な赤い指先が俺を襲う。尖った爪先は何度となく俺の肌をかすめ、不快な痛みと恐怖を刻む。

永遠に終わりの見えぬ攻防が、俺の心を疲弊させ、消耗させる。

疲れ果て、わずかにでも抵抗が弱まれば、まがまがしい赤い手指は容赦なく俺の首にまとわりついて、ギリギリと絞め上げる。

皮膚に爪が食い込んで、万力のような力で気道を塞がれて、息が止まる。

空気が取り込めぬ苦しさに喉をかきむしるが、なぜか不気味な赤い指を引き剥がすことはおろか、触れることすら敵わない。

なぜだ？　なぜ触れない？

そうこうしているうち、酸素の巡らない頭の芯が焼けるように熱を持つ。

『生まれてきたのがそもそもの間違いなのよ』

『無に帰せよ』

そこにたたみかけるようにかけられた姉の声は、どこか甘美に聞こえた。

長い攻防で弱りきった俺の心が、ついにポキリと折れた。

……だったら、そうしたらいい。だからもう、やめてくれ。

朦朧とした意識の中で、俺を苛む元凶に乞うていた。屈したくなどないのに、もう抵抗する気力が枯渇していた。

……そんなに欲しいのなら、くれてやる。……そうさ、俺が手にしているもので、自分から望んだものなどなにひとつない。

民をよりよく導くため、強くなりたいと思った。賢くなりたいと思った。そのための努力を惜しんだことはない。しかし、それらは本当に俺の意思だったのか。

幼少期より徹底的に帝王学を身につけてきた。それによって培われた固定観念が、俺をつき動かしただけではないのか。

王位の座は、生まれた時から約束されていたにすぎない。己の命ですら、俺の意思で誕生したのではない。

しょせん俺は、代わりの利くあやつり人形。次代の王が、必ずしも俺である必要などどこにもないのだ。

思い至れば、すべてむなしくなった。

……そんなに欲しいのなら、持っていくがいい。王位でも、俺の命でも。だからもう、俺を自由に――。

抵抗をやめ、全身の力を抜いた。直後、首にまとわりついていた赤色の呪縛がブワリと広がる。

……姉上。あなたはこれで満足か？

もし次の世があるのなら、親きょうだいでいがみ合いたくはないものだな。そして、その時こそ、俺は己の足で己の道を自由に進むのだ。

そんなことを思いながら、俺の視界を埋め尽くしていくまがまがしい赤色を見つめていた。やがて俺の全身は、真っ赤な呪縛にのみ込まれた。

――フワァアア。

その時、真っ赤に塗りつぶされたはずの視界に、やわらかな白色が差し込む。同時に胸に、温もりを感じた。

……なんだ？　煙か？　……いや、光？

ゆらゆらと揺れる白い煙は、途中で目にまぶしいほどの光に変わる。光は幾重にも折り重なって広がっていき、俺を苛むまがまがしい赤を抑え込む。キラキラと光の粉を振りまくように光のベールが揺れる様は幻想的で美しく、俺は瞬きも、呼吸すらも忘れて見入った。

どれくらいそうしていただろう。ふと息苦しさに気づき、詰めていた息を吐き出す。新しい空気を取り込むと、清涼な香りがスーッと鼻腔を抜けて全身に巡り、靄《もや》がかかったようだった頭がクリアになっていく。

視覚、嗅覚から胸に感じる温度まで、すべてが俺に力を与えてくれる。すり減って弱くなっていた俺の心が、鋭気で満たされているのがわかった。

……これはいったい、どういうことだ？

「アズフィール様」

光のベールの向こう側から俺を呼ぶ声があった。

……誰だ？　俺の名を呼ぶのは？

「あなたが私を守ってくれたように、今度は私があなたを守るわ」

……君が、俺を？

「何人《なんぴと》にも、傷つけさせない。あなたには、私がついている！　だから……」

ドクンと心臓が波打った。

「戻ってきて――！」

あぁ、メイサだ！　メイサが俺を呼んでいる――！

俺はカッと目を見開き、周囲に残存する不快な朱色の呪縛を散り散りにして、メイサの声に向かって両手を伸ばした。

「メイサ――」

開いた視界に、胸の前で固く両手を組み合わせ、俺を見下ろすメイサの姿が見えた。

彼女の顔は、あふれる涙で濡れていた。

「アズフィール様、戻ってきたのね……！　あ、これを取ったら、すぐにドクドール先生を呼んでくるわね」

メイサは感極まったように叫び、ハッとした様子で俺の胸部から微かに光の残滓《ざんし》をまとうハリを取り去る。

「……メイサ？　泣いているのか？」

スッと右手を伸ばし、指の腹で彼女の目もとを拭おうとした。ところが、俺が触れるより一瞬早く、彼女が両手でその手を掴みギュッと握り込む。

「だって、あなたがもう帰ってこないんじゃないかって……っ」

拭い損ねたメイサの目尻から、新しく玉を結んだ大粒の涙がホロホロと頬を伝っていった。清らかなその滴《しずく》をひとつとて無駄にするのが惜しく、スッと半身を起こすと唇でそっと啄《ついば》んだ。

体を起こす時に少しクラリとしたけれど、舌先が彼女の涙に触れた瞬間は、それを凌駕する酩酊感が俺を襲った。とろけるように甘美なそれを欲するがまま、幾度か角度を変えながら唇で拾う。

「心配させたな、メイサ。すまなかった」

「よかった。……本当によかった。おかえりなさい、アズフィール様！」

嗚咽するメイサを左腕で抱きしめた。メイサは握っていた俺の右手を解くと、両腕を俺の首うしろに回して抱きついてきた。

「……ただいま、メイサ。心配をかけた。だが、君のおかげで戻ってこられた。正直、君がいなければ俺は夢にとらわれたまま、戻ってはこられなかっただろう。君に救われた」

「ベランダであなたに『君のことは絶対に俺が守る』って言ってもらってうれしかった。私、決めていたのよ。今度は私がアズフィール様を、絶対に守ってみせるって」

「今度は？　それはおかしい。君に守ってもらったのはこれで三度目……いや、本当はもっとずっと多くを君に助けられている」

「そうだったかしら？」

俺の胸から顔を上げたメイサは、涙の膜の張った目で俺を見上げ、よくわからないというように首をかしげる。

「今回の一件でよくわかった。俺は姉に存在を否定され、殺されかけた幼少期のトラウマを引きずって、この体たらくだ。剣技を磨き学問を収めても、俺の実体は昔と変わらず弱いままだ」

「それはいけないこと？　家族を愛して、その裏切りに心を痛めているあなたを弱いというのなら、私は弱い人の方がいい。愛を知らない強い人より、ずっといい」

彼女の紡ぐ一言一句が、胸にやわらかに染みる。メイサの存在自体が、尊い奇跡のようだと思った。

「君は温かいな。弱さも含め俺の至らなさを、君はいとも簡単に包み込んでしまう。……そんな君が、俺にはまぶしい。そして俺の人生には、君という光が必要だ」

「え？」

俺はいったん抱擁を解くとメイサの両肩を掴み、真っすぐに彼女の瞳を見つめて口を開いた。

「メイサ、改めて言うよ。君なしの人生は考えられない。今後も隣で、俺を助けていってくれ」

「それって……？」

メイサは困惑と期待が滲んだような表情で俺を見上げる。

「正式に婚約者になってほしい」

メイサの目が驚きに見張られる。その瞳に向かって、俺は言葉と心を尽くす。

「本音を打ち明けると、最初から妃候補として君を王宮に呼び寄せた。君には建前上専属女官と伝えたが、宮中の者たちには最初から妃候補として周知させていたんだ。出会った時から、惹かれていた。そして二度目に会った時にはもう、将来の妃は君以外にいないと確信していた。……メイサ、十八歳の誕生日を迎えたら俺と結婚してほしい」

「待って、アズフィール様。私の治癒の力が目あてなら、私なんかを婚約者にしなくとも――」

「そんなものはなくてもいいんだ。能力について公表するつもりもない。君が伏せておきたいなら、その能力は永遠に俺の胸に秘めておく」

メイサの言葉を割り、キッパリと告げた。

「出自の危うい私が相手では、きっと陛下が了承してくださらない」

「その心配は不要だ。父上は君に腰痛を治してもらって以来、君との婚約に大賛成だ。顔を合わせるたび、さっさと君をモノにしろと俺に発破《はっぱ》をかけてくる」

「待ってちょうだい。私が陛下を治しただなんて、なにかの間違いじゃないかしら」

「そんなわけはない。父は中庭で出会った君に、ハリをしてもらったと言っていた」

メイサは少し考え込むように、目線を下げた。

「中庭で？　そういえば王宮に来たばかりの頃、早朝の中庭で庭師の男性に施術をしたけれど……」

「それが父だ」

「なんてことっ……！　てっきり庭師だとばかり」

メイサは右の手でこめかみのあたりを押さえる。

「父は花壇の世話を早朝に行うのを趣味にしていてな。そういうわけで、俺たちの結婚を阻む障害にはなり得ない。母だって同じさ」

「……本音を言うと、あなたの気持ちがうれしいしそばにいたい。だけど、私はお妃様にふさわしい淑女になれない。自由でいたいの。制約の多い暮らしの中で、やっていける自信がないわ」

メイサが俺自身を想ってくれている。そう聞かされて、俺の胸に広がったのは深い喜び。

そして彼女が口にした不安は、そもそも不安ですらない。俺は淑女を望んではおらず、メイサになんら制約を求める気もないのだから。

「そのままの君でいい。妃になったからといって、型にはまろうとする必要はない。君は自由でいいんだ」

メイサは目を見開いて、その瞳に俺を映した。

「だが、自由なのは君だけじゃない。俺も同じだ。どうやら俺は、今日まで大きな勘違いをしていたらしい。王に自由はないと、そう思っていた。だが、そうではないと気づいた。王としてどうあるべきかは、ほかならない俺自身の思いで決める。俺の意思でもって、俺なりに最善の王の姿を模索していく」

いったんメイサの肩に添えた手を解いて、ベッドから立ち上がった。

「アズフィール様……？」

ベッドのすぐ近くの文机に向かい、中の引き出しから木彫りの髪飾りを取りだす。

そして振り返り、メイサに向かって差しだした。

「この髪飾りなら施術の邪魔にはならないだろうと思った。専属女官としてやって来た日に、君に伝えた言葉を取り消す。市井から王宮に場所を変える必要はない。これをつけて、今まで通りハリ・キュウを続けたらいい。王宮でも、市井でも、存分に駆け回ってくれ」

メイサは目を真ん丸にして、俺と俺の手の中の髪飾りを交互に見つめている。

「君がいい。俺には君でないとだめだ。俺の隣には君しかない」

「……私、どうやら初心を忘れていたみたい」

「ん？」

「決めていたのよ、『後悔しないように生きよう』って。今、正直にならないと絶対に後で後悔するわ」

メイサがトンッと俺の胸に飛び込んできて、頬を紅潮させて見上げた。

「……アズフィール様、私あなたが好き。ずっとあなたの隣にいるわ。あなたの隣は、ほかの誰にも譲らない！」

耳にした瞬間、熱い歓喜が胸を焼く。

俺は彼女の髪に、髪飾りをつけた。あまりのうれしさに指が震え、留めるのに少し時間がかかってしまったけれど、その間もメイサはずっと幸せそうに微笑んでいた。

「よく似合っている」

「ありがとうアズフィール様、大切にするわ」

はにかんだ笑みを浮かべるメイサの頬に手を添えて、吸い寄せられるように、サクランボの色をした唇にそっと唇を寄せていく。

「俺だけの女神。君だけを愛しているよ」

俺の言葉に、メイサは少しキョトンとした顔をした。

「女神……？」

「ああ、君は俺だけの女神なのさ」

「ふふっ、さすがにそれはすぎた賛辞だわ。でもそうね、私も初めてあなたを見た時、男神が人形《ひとがた》を取ったんじゃないかって思ったわ。……正直、胸が高鳴った」

まばゆい女神はその瞳に俺を映し、苦しいくらいうれしい言葉をくれる。

「メイサ。今もこれからも、ずっと愛してる」

唇がしっとりと重なって、深い幸福感に包まれる。

いとしいメイサを腕に抱き、至福の口付けに酔いしれた――。

＊＊＊

あれから一カ月が経った。この間に私は誕生日を迎え、十七歳になっていた。

季節は春から新緑が美しい初夏へと移ろい、木の葉が朝露をたたえた早朝にもかかわらず、肌をなでていく空気はすでにポカポカと暖かい。

私はアズフィール様とふたり、目覚めの朝を迎えた王都の街をアポロンに乗って空中散歩していた。

「ん～、今日は空気が澄んでいて気持ちいいわね」

「ああ、そうだな」

清々しい空気を胸いっぱいに吸い込みながら、活気に満ちた眼下の様子を眺めた。

その時。うしろから私の腰に腕を回していたアズフィール様が、ため息交じりにポツリとこぼす。

「……先は長いな」

「ん？　アズフィール様、なにか言った？」

「いや。やっと婚約式まで漕ぎつけたと思ってな」

アズフィール様の言葉に小首をかしげる。

「やっと？　そうかしら。王家の婚姻にまつわる諸々の手順を考えると、今日の婚約式って最短の日取りなんじゃない？」

そうなのだ。今日はこの後、王宮で私とアズフィール様の婚約式が執り行われる。

「まぁそうなんだが。……本音を言えば、君とすぐにでも夫婦になりたいのさ。結婚式がここからさらに一年も先だなんて、どんな苦行だ」

アズフィール様は抱きしめる腕の力を強くして、眉間に皺を寄せて切なげに息を吐く。私は彼が寄せてくれる想いの大きさが照れくさくもうれしい。

王家の婚姻で、婚約から結婚まで一年程度の準備期間が持たれるのはいたって普通。なにより、私はいまだ未成年だ。むしろ来年、私の十八歳の誕生日に結婚式開催という日程は、これ以上ない最短といえる。

「もう、アズフィール様ったら気が早いんだから。ところで私たち、婚約式の朝にこんなにゆっくり空中散歩なんてしていていいのかしら？」

「なに。開式までどう過ごそうが、俺たちの自由だ。それにアポロンの飛行は速い。招待客らが揃えばバラ園にひとっ飛びだ」

「……そもそも、王太子様の婚約式が東の庭のバラ園で開催っていうのも、ずいぶんとカジュアルよね。まぁ、提案したのは私なんだけど」

「ははは、かまわん。国民に向けてのお披露目は別に機会を設けている。今日はメイサと俺の婚約を親しい者たちに祝ってもらえたらそれでいい。それには満開のバラ園でのガーデンパーティがふさわしいと思った」

アズフィール様は白い歯をこぼし、柔和に語った。

アズフィール様の表情は、以前に比べずいぶんとやわらかくなった。それは私に対してだけではなく、他者に対しても。

そして胸に灸頭鍼を施したあの日を境に、アズフィール様は私以外の女性と接触しても不快な症状が現れなくなった。

おそらくイザベラ様から受けた幼少期の体験が、心に重く影響していたのだろう。そのトラウマが昇華し、イザベラ様の呪縛から解放されて症状が出なくなったのだと想像できた。

もちろんアズフィール様にとって喜ばしいことなのだけど、ほかの女性と接触しても涼しいままの顔をした彼を見て、私がほんの少し嫉妬したのは絶対に秘密だ。言えば彼は『二度と君以外の女性に触れない』と真顔で言ってくるだろうし、なんとしても有言実行するのが目に見えている。

私とて、王太子として賓客との挨拶やエスコート、やむを得ない場面があることはきちんとわきまえているのだから。

「ええ。バラ園のバラはまさに今が見頃。とっても美しく咲き誇っているわ。招待客のみんなも、きっと喜んでくれるわね」

「たしかに満開のバラは美しいが、君の方が百倍美しい。こんなに美しくて心優しい君が、近い将来俺の妃になるんだ。俺は世界一の幸せ者だ」

真っすぐに告げられた賛辞に、頬にカッと朱が上る。

心を通じ合わせた後、アズフィール様は愛を伝える言葉を惜しまない。うれしい反面、私はまだ少し慣れなかった。

今も恥ずかし紛れに、うつむき加減になってちょっと早口で告げる。

「もう、おだてたってなにもでません。アズフィール様、少し早いけど行きましょう。ヴァーデン王子……いえ、ヴァーデンお兄様は遠方からだから、きっと時間に余裕をもって到着しているわ」

……そう。いまだに信じられないのだが、私がヴァーデン王子を『お兄様』と言い直したのは間違いでもなんでもない。

国内外に向けて私とアズフィール様の婚約を公示したのが三週間前。そして、ウォールド王国の国王様から私宛てに直筆の手紙が届いたのは二週間前だ。そこには、事情があって名乗れなかったが自分が父親であること、私を正式なウォールド王女と認知した上で、両国の婚姻を成立させたいとの申し出が記されていた。

エイル神聖王国としてもこれを断る理由はなく、私とアズフィール様の結婚は意図せず両国の関係をいっそう強固に結ぶものになった。

もちろん、父のこの申し出が私に対する純粋な情によるものではなく、一国の王としての政治的判断を多分に含んだものだと私自身百も承知だ。だけど、手紙の最後に綴られていた母への愛と後悔の言葉は、彼自身の心の声だったと信じている。

本音を言えば、父に対していろいろ思うところはあるのだが、そこは来年の結婚式で会った時に直接ぶつけてみようと思っている。父がどんな反応をするのか、それを見て今後の関係性を考えていくつもりだ。

「ふむ。べつにおだてたつもりはないのだがな」

なんにせよ、〝妹の婚約〟という事情がなければ隣国王子がわざわざ婚約式にまで駆けつけなかっただろう。私としては再びヴァーデンお兄様に会えて、大ラッキーである。

「それにあなたの叔父様もウォールド王国からいらっしゃるんじゃなかったかしら……ええっと、お名前をなんと言ったかしら？」

「ロディウスだ。きっと彼とメイサは気が合う。手紙で婚約を伝えたら、君と会うのを心待ちにしていた」

「たしか、アズフィール様がメイジーの町を訪れたきっかけにもなった方だったわよね。そう考えると、私たちの恋のキューピッドとも言えるのかしら？」

「うっ、やめてくれ。ロディウスがキューピッドなど、目眩がする」

「ふふふっ」

思うところがあるのか、アズフィール様は苦い顔をして額を押さえる。

「ねぇ、アズフィール様。もしかして、ブロームを説得してくれた？　あれだけかたくなだったブロームが、一昨日《おととい》になって急に列席を了承してくれたから、もしかしたらって思ったんだけれど……違った？」

私が何度参加をお願いしても、王宮の式にはとても出られないと言っていたブローム。その心変わりには、きっとアズフィール様のなにがしかの働きかけがあったのではないかと思った。

「俺は説得などしていないさ。ただ『見届けてほしい』と、そう伝えただけだ」

……そうだった。アズフィール様なら威圧的に迫ったりはしない。彼はきっと丁寧に説明し、列席を乞うたのだ。

そしてそんな彼の心に、ブロームは応えたのだろう。

「ありがとう。私、ブロームには人生の節目に立ち会ってほしかったの。だって彼は、とても大切な生涯の友だから」

「あぁ。俺にとっても彼は大切な友だ」

「アズフィール様、ありがとう。私、幸せよ」

うしろのアズフィール様の胸にぽふんと頭を預け、甘えるようにスリッと寄せた。

「そうか。だがメイサ、君の幸せはそんなものじゃない。俺が君をもっともっと幸せにしてみせる」

アズフィール様は私をギュッと抱きしめて、耳もとで吐息と共にささやいた。

耳にして、あふれるほどの喜びで胸が詰まった。

「ええ、アズフィール様」

アズフィール様は愛おしむように私の頭をサラリとなで、つむじのあたりにキスを落とす。やわらかな感触が、私の胸をじんわりと熱くした。

「アポロン――」

アズフィール様の合図を受け、アポロンは青空を旋回し、翼を悠々とはためかせて王宮に駆ける。

アズフィール様の優しい愛に包まれて、私はアズフィール様とふたりで進む新たな人生に向かって飛び立った――。

END

特別書き下ろし番外編

赤ちゃんドラゴン誕生

「アズフィール様！　今しがた、無事に産まれたそうです！」

吉報は朝食の最中にもたらされた。

「そうか！　産まれたか！」

この報に周囲がワッと沸き上がった。

「メイサ、行ってみよう……！」

アズフィール様は即座に席を立ち、私もそれに続く。

「ええっ！」

食堂を飛び出してドラゴン舎に向かう道すがら、そこかしこから祝福の声が聞こえてきた。

先週、無事に終えたばかりの私たちの婚約式。その祝賀の余韻をいまだに残していた王宮内が、今は再びの祝賀ムード一色に染まっていた。

ドラゴン舎に到着すると、顔なじみの飼育員が感極まった表情で私たちを出迎えた。

いくつかの房を通り過ぎ、一番奥の広い房の前で足を止める。まず見えたのはアポロンの背中。その隣には、彼よりひと回り小さい銀色のドラゴンがぴったりと寄り添い、二匹は鼻先を寄せ合っていた。

仲睦まじい二匹のうしろ姿に、自ずと頬が緩んだ。

ドラゴンという希少な種は、非常に一途な性質を持っている。ひとたび番《つが》いになれば、生涯の伴侶として最期まで添い遂げ、相手を変えることは絶対にない。ただし番うこと自体がまれで、ふさわしい相手に出会わなければひとり身のまま生涯を終えるドラゴンが多い。

そんな中、アポロンはアズフィール様のお供で出かけた先で運命の出会いを果たした。待ち合わせの時刻に、アポロンが件《くだん》の銀色のドラゴンを伴って現れた時、アズフィール様は驚きに言葉をなくしていたっけ。

そうして彼女を所有する侯爵家との交渉の後、めでたく王宮に嫁入りした彼女がキラキラと金色に輝く卵を産み落としたのが三週間前のこと。それから二匹で代わる代わる温めていたまあるい卵。それが今は、二匹から少し離れたところで、真っぷたつに割れて転がっているのが見えた。

……あぁ、ついに生まれたのね！　ふたりの赤ちゃんは、いったいどんな子なのかしら⁉

割れて空になった卵を目にして、一気に実感が湧いてくる。

ここからは二匹のうしろ姿しか見えないが、いやが上にも心がはやった。

その時、私たちに気づいたアポロンがうしろを振り返った。つられるように、アポロンのお嫁さんもこちらに首を巡らせる。

二匹が体勢をずらしたことで、キラキラと金色に輝く体長八十センチほどの赤ちゃんドラゴンが、小さな羽をぱたつかせ、短いうしろ足でぴょこぴょこと元気よく飛び跳ねているのが見えた。

わぁっ！　なんてかわいいの‼

赤ちゃんドラゴンのあまりの愛らしさに息をのんだ。

「アポロン、おめでとう。お前が俺より先に妻帯した時も驚いたが、まさかこんなに早く父親になろうとはな」

「ふたりともおめでとう！」

アズフィール様に続けて、私も心からの祝福を伝える。

「ギュァ」

アポロンは誇らしげに鳴き、お嫁さんもうれしそうに目を細くした。赤ちゃんドラゴンは、両親の間からつぶらな瞳で私たちを見上げ、「キュ〜ァ」とかわいらしい声をあげた。

……うわぁああっ、くりくりのおめめにふくふくのほっぺ。もちょっとした短いあんよにちょろんとした尻尾。それに、ちょっと舌ったらずなあの声！　なんて、なんてかわいいのかしらっ!!

私が両手を握り合わせ、キラキラとした目で赤ちゃんドラゴンを見つめていると、アポロンとお嫁さんが顔を見合わせてフッと表情を緩ませる。そうしてアポロンがヒョイと前足で赤ちゃんドラゴンをすくい上げたかと思えば、房のすぐ前までやって来て、私に向かってツイッと差し出す。

赤ちゃんドラゴンは「なになに？」というように、首をキョロキョロさせていた。

「えっ？　抱っこしていいの？」

「ギュァ」

アポロンが同意するようにいななく。

私は差し出された赤ちゃんドラゴンを慎重に抱き上げる。赤ちゃんを抱っこするのは初めての経験で、その手つきは少しぎこちなかった。けれど赤ちゃんドラゴンは嫌がるそぶりもなく、興味津々の様子で私を見つめていた。

「……うわぁっ！　かぁわいい～っ」

腕の中にすっぽり納まるサイズの赤ちゃんドラゴンは、ほにゃっとしたやわらかな感触とまろやかな匂いがした。

私がゆらゆら揺らすと、短い前足をパタパタさせてきゃっきゃと笑った。

「ふふふっ、いい子ね」

かわいらしい赤ちゃんドラゴンの仕草に、私は目を細くした。その様子を房の中から眺めていたアポロンが、アズフィール様に向かって何事か訴える。

アズフィール様は驚きに目を見張った。

「どうしたの、アズフィール様？　アポロンはなんて？」

「アポロンが君にその子の名付けを頼みたいそうだ」

「え、私が⁉」

ギョッとしてアポロンを見ると、お嫁さんとふたり揃って『ぜひ』というようにうなずいた。

少し戸惑いつつ、再び腕の中の赤ちゃんドラゴンに視線を落とす。そのままジッと見ていたら、脳裏に浮かんだ名前が自然と口からこぼれた。

「ポポロン」

耳にした赤ちゃんドラゴンはパチパチと二、三度目を瞬いて、それから「はーい」

とお返事するみたいに、とびきり元気に鳴いた。気に入ったようだ。

「ポポロンか、いい名前だ！」

アズフィール様は破顔して、アポロンたちも満足げに顔を見合わせていた。

「ポポロン」

腕の中に向かってもう一度呼びかけたら、ポポロンはご機嫌に鳴いて鼻先を私の頬にすり寄せた。私は小さな温もりを愛おしむように、抱きしめる腕にキュッと力を込めた。

「メイサ、俺にもポポロンを抱かせてくれ」

しばらくして、アズフィール様がいよいよ待ちきれないといった様子で声をあげた。

「ええ」

私はアズフィール様の腕に、ポポロンをそおっと移す。アズフィール様は危なげない手つきで上手に抱き取ると、白い歯をこぼし、あやし始める。

「おお！　よしよし！」

ポポロンは、アズフィール様の抱っこがよほど心地いいのか、ひと際高い声をあげて喜びをあらわにした。

……すごいわ！　私よりもずっと上手！

「ははは っ、元気がいいな。それにとても利口そうな目をしている。ポポロン、お前はきっと賢いドラゴンになる」

腕の中のポポロンを見つめるアズフィール様の表情はやわらかい。

……なんて優しい目をするのかしら。

アズフィール様の愛情深さが垣間見えるようで、胸がトクンと温かに熱を持った。

「さて、いつまでもこうしていたいが、俺たちがずっといてはアポロンたちも気が休まらんだろうからな」

アズフィール様はそう言って、惜しむように一度キュッと抱きしめてから、ポポロンをアポロン夫妻に返した。

「ポポロン、またね」

「キュ～ァ」

ポポロンにバイバイし、夫妻にお礼を伝えると、私たちは親子水入らずを邪魔せぬよう早々にドラゴン舎を後にした。

ドラゴン舎から出ると、今日のよき日を祝福するかのように、太陽がキラキラと大地を照らしていた。

澄んだ朝の空気の中、燦々《さんさん》と注ぐ陽光を心地よく受けながら、アズフィール様とふたり王宮に続く歩行路を進んだ。

途中で、私は隣のアズフィール様を見上げて告げる。

「ねぇ、アズフィール様。ポポロン、かわいかったわね」

「ああ」

「アズフィール様は、とっても赤ちゃんの扱いが上手なのね。私、驚いちゃったわ」

「そうだったか？　赤ん坊を抱くのは初めてだったから、どんな加減であやせばいいのか戸惑った」

整いすぎているがために、ともすれば冷たい印象を受ける精悍な顔。そんな彼がポポロンを腕に抱いた時は、まるで花が綻ぶみたいにやわらかに優しくなった。

彼の表情を目にしたあの瞬間、私の脳裏に幸福な光景が浮かんだ。

逞しい腕に我が子を抱き、アズフィール様がとろけそうに優しく微笑む。その横では、私が睦まじい父子の姿に目を細くしていた。

夢のように幸せな光景。

……だけど、これはそう遠くない未来、きっと現実になるだろう。

私は幸せな未来を想像し、フッと頬を緩めた。

「あら、とてもそうは見えなかったわ。間違いなくアズフィール様はいいパパになるわ！　これなら私たちの子育ては問題なしだわね」

「……ほう。子育て、ね」

なにげなく口にした台詞だった。それに、ことのほか真面目なトーンで返されて、ビクンと肩が跳ねた。

「えっ!?　あ、あの……」

アズフィール様は足を止めると、私を覗き込むように腰を屈めた。

まぶしいほどの笑みをたたえた彼の美貌が迫り、心臓の音が速くなり、全身の体温が上がる。

……ち、近いっ！

私の動揺を知ってか知らずか、アズフィール様は鼻先が触れ合う近さにまで顔を寄せた。そうしてグリーンの瞳で真っすぐに私を見つめながら、形のいい唇をゆっくりと開く。

その様子がなんだか妙に艶めかしくて、思わずゴクリと喉が鳴った。

「幾分気が早いような気もするが、君が俺との子を望んでくれるならがんばらせてもらわねばならないな」

……え。がんばる？　……って、まさか!?

「わ、わっ、わぁあああっ！　待って、今のに深い意味はないの！　全然、そういう意味じゃなかったのよ！」

彼の言葉の意味するところにはたと気づき、私は飛ぶように後ずさった。

「そうなのか？　君は俺の子を望んではくれないのか？」

慌てて弁解したら、アズフィール様は私から視線を逸らさぬまま、静かに問いかけた。その声は細く、グリーンの瞳は悲しげに陰っていた。

消沈した姿を目にして、私の言葉が彼を傷つけてしまったのだと罪悪感が胸に湧く。

「ち、違うの！　決して望んでいないとかそういうわけじゃなくて……ただ、私たちは結婚もまだなわけで。その、物事には順番というものが……っ」

しどろもどろになって言い募る私をアズフィール様が見つめていた。その肩をくつくつと小さく揺らしながら。

……ん？　肩を揺らしながら？

不思議に思い、彼の様子をよくよく見てみると、まるで込み上げる笑いをこらえるように唇の端をヒクつかせている。さらに、彼の瞳の奥にはいたずらな色が浮かんでいるではないか。

「あーっ！　アズフィール様、私のことをからかって遊んでたわね⁉」

私が眉をハの字にさせ、ズイッと人さし指を立てて指摘すると、アズフィール様はいよいよこらえられないというようにハッと笑い声をあげた。

「ひどいわ！　私、あなたを悲しませてしまったと思って……っ、アズフィール様の馬鹿！　もう知らないっ！」

恥ずかしいやら、居た堪れないやら。それにアズフィール様の余裕綽々《しゃくしゃく》な態度が悔しくて。

私はプイッとアズフィール様から顔を背けて、ズンズンと歩き出す。

するとうしろから腕が伸びてきて、上から覆い被さるように抱きしめられる。そのままグッと引き寄せられて、私は足を止めた。

「待ってくれ、メイサ。俺はけっしてからかってなどいない。ただ、君があまりにもかわいい反応をしてくれるから、つい意地の悪い物言いをしてしまった」

広い胸の中にすっぽりと閉じ込められ、彼の温もりと香りに包まれる。こうされると私は弱い。あっという間に胸がドキドキして、まともに物が考えられなくなってしまう。

さらに、真摯な声がそっと耳朶を震わせる。

「……だが、いつか君に俺の子を生んでほしいと思っているのは本当だ。俺は欲しいよ。いつかいとしい君との間に我が子が……もちろん、君が望んでくれるのが大前提だが」

アズフィール様はずるい。こんなふうに言われたら、膨れっ面のままではいられなくなってしまう。

「……私もよ」

「ん？」

「私も、いつかあなたの赤ちゃんが欲しいわ」

アズフィール様が息をのんだのが気配でわかった。

「……本当に君という人は。いったいどれだけ俺を夢中にさせたら気が済むんだ」

吐息と共に、彼の口からまともな意味をなさないささやきが漏れる。

私は振り返り、頭ひとつ分以上高いアズフィール様を見上げて、小首をかしげた。

「なあに？」

「……いや、いつか共に我が子を育もうとそう言ったのさ」

アズフィール様が私のおとがいに手をあてて上向かせる。

彼が腰を屈めたことで近くなったグリーンの双眸《そうぼう》の、萌ゆるような鮮やかさに胸がときめく。

「愛しているよ、メイサ」

「ええ。私も……」

最後まで言い終わるより前、しっとりと唇が塞がれた。

新緑のみずみずしい初夏の風が、ふたりの頬をやわらかになでながら吹き抜けていった——。

END

あとがき＆お礼小話

婚約式から一年後。風薫る初夏。国中に祝福の鐘が鳴り響く。私は真っ白な婚礼衣装に身を包み、深紅の絨毯《じゅうたん》の上を進む。私とアズフィール様の結婚式には国王夫妻をはじめ、祖父母やヴァーデンお兄様、多くの参列者がひしめいていた。祭壇の前で私を待つアズフィール様は、惚れ惚れするほど凛々しい。彼のもとまで私をエスコートしているのは、ウォールド国王アーノルド。彼とは昨夜、非公式な謁見を済ませた。

初めて相対した父は、初老に差しかかってなお、衰えを知らぬ圧倒的な存在感をまとっていた。見る者を威圧する鋭い目をし、獰猛な獣を彷彿とさせる猛々しさを感じた。しかし、昨夜の謁見で母について『愛したことに嘘はない』と語る姿は真摯で、私を見つめる瞳はやわらかかった。それを目にして私の心の箍《たが》ははずれ、彼を『父』と呼ぶことにも自然と抵抗がなくなっていた。

その父が広間の中ほどまでたどり着いたところで、私にだけ聞こえるように静かに口を開く。

「我が娘よ。情けなくも、我はそなたの母を幸せにしてやることは叶わなかった。だからこそ、娘であるそなたには幸せになってほしい。彼女の分まで、どうか幸せに」

その言葉には、単に祝辞というばかりではない、彼の自責や後悔の念が見て取れた。

「ありがとう、お父様。ご心配召されなくても私は誰よりも幸せになります。ですが、お母様の一生もけっして不幸ではなかったはず。あなたに会ったこと、愛し合ったこと、きっと母は寸分も後悔していないと思います」

私の答えを耳にして、父は一瞬だけまぶしいものでも見るように目を細め、すぐに正面に視線を戻した。祭壇はもう目の前だった。父はアズフィール様と短く目線を絡ませ、作法通り私を引き渡す。私はアズフィール様の腕を取り、いとしいグリーンの瞳に向かって微笑む。アズフィール様も私を見下ろしとろけるような笑みを浮かべた。

「メイサ。君を誰よりも幸せな花嫁にする。俺の一生涯をかけて」

「私もあなたに誰よりも幸福な一生を約束する。ふたりで幸せになりましょう」

私とアズフィール様の心はひとつ。ふたりで共に紡ぐ幸福の道へと踏み出した――。


ふたりの結婚式のシーンでした。最後までお読みいただきありがとうございました。

友野《ともの》紅子《こうこ》

友野紅子先生への
ファンレターのあて先

〒104-0031
東京都中央区京橋1-3-1
八重洲口大栄ビル7F
スターツ出版株式会社　書籍編集部　気付

友野紅子先生

本書へのご意見をお聞かせください

お買い上げいただき、ありがとうございます。
今後の編集の参考にさせていただきますので、
アンケートにお答えいただければ幸いです。

下記URLまたはQRコードから
アンケートページへお入りください。
https://www.berrys-cafe.jp/static/etc/bb

ベリーズ文庫

秘密の癒しチートがバレたら、
女嫌い王太子の専属女官(※その実態はお妃候補)に任命されました!

2022年9月10日　初版第1刷発行

著　者　友野紅子
　　　　© 友野紅子 2022
発行人　菊地修一
デザイン　hive & co.,ltd.
校　正　株式会社鷗来堂
編集協力　八角さやか
編　集　野島たまき
発行所　スターツ出版株式会社
　　　　〒104-0031
　　　　東京都中央区京橋1-3-1　八重洲口大栄ビル7F
　　　　TEL　出版マーケティンググループ　03-6202-0386
　　　　(ご注文等に関するお問い合わせ)
　　　　URL　https://starts-pub.jp/
印刷所　大日本印刷株式会社

Printed in Japan

乱丁・落丁などの不良品はお取替えいたします。
上記出版マーケティンググループまでお問い合わせください。
定価はカバーに記載されています。

ISBN 978-4-8137-1321-0　C0193

ベリーズ文庫 2022年9月発売

『クールな凄腕パイロットは、新妻への激愛を鎮められない～社内極秘婚～』 若菜《わかな》モモ・著

親の再婚でパイロットの陵河と義兄妹になった真衣は、自分もCA志望であることから彼と急接近し両想いに。やがて陵河と同じ会社に就職し結婚するが、夫婦関係を秘密にすることを提案する。しかし、フライト先での滞在中に真衣を誘い出したりと、独占欲を抑えず甘く迫ってくる彼に翻弄されてしまい…⁉

ISBN 978-4-8137-1316-6／定価726円（本体660円＋税10%）

『婚約解消するはずが、宿敵御曹司はウブな許嫁を愛で尽くす～甘くほどける政略結婚～』 蓮美《はすみ》ちま・著

社長令嬢の陽菜は御曹司・怜士との政略結婚が決まっている。陽菜にとって怜士は初恋相手だが、彼は自分を愛していないと思い込んでおり、顔合わせの場で婚約破棄を宣言。しかし、怜士は「お前は俺のものだ」と熱い眼差しで陽菜を組み敷き⁉　秘められていた激愛をたっぷり注がれ、陽菜は陥落寸前で…。

ISBN 978-4-8137-1317-3／定価726円（本体660円＋税10%）

『エリート外科医との政略結婚は、離婚予定につき～この愛に溺れるわけにはいきません～』 惣領《そうりょう》莉沙《りさ》・著

家業のためにエリート脳外科医の碧とお見合いをした社長令嬢の珠季。人柄の良い碧を父の会社の事情に巻き込むことに後ろめたさを感じるが、両親の期待を裏切れず入籍する。愛のない結婚のはずが、夫になった碧はなぜか独占欲を剥き出しに珠季を攻め倒す。予想外の溺愛に翻弄される日々が始まって…。

ISBN 978-4-8137-1318-0／定価715円（本体650円＋税10%）

『秘夜に愛を刻んだエリート御曹司はママとベビーを手放さない』 一ノ瀬《いちのせ》千景《ちかげ》・著

家業の画廊を守るため、大企業の御曹司に嫁ぐことになった清香。家のためと諦めていたが、片想い相手でかつて一夜を共にした志弦と顔合わせの場で再会する。婚約者の兄という許されない関係ながらふたりは惹かれ合い、清香は妊娠。ひとりで娘を育てていたけれど、清香を探し出した彼に激愛を注がれて…⁉

ISBN 978-4-8137-1319-7／定価715円（本体650円＋税10%）

『交際0日、冷徹御曹司に娶られて溺愛懐妊しました』 紅《くれない》カオル・著

ブライダルサロンで働く茉莉花は、挙式直前に逃げ出した新婦の代役として御曹司の吉鷹と式を挙げる。式を終え解放されると思ったのに「キミとは神の前で永遠の愛を誓った仲だろう」――なぜか吉鷹は茉莉花を気に入り、本物の妻に指名されてしまう。傲慢だったはずの彼に溺愛され、茉莉花の懐妊が発覚し…⁉

ISBN 978-4-8137-1320-3／定価715円（本体650円＋税10%）